Ana Z., aonde vai você?

Marina Colasanti

Ilustrações da autora

Prêmio Jabuti
Prêmio FNLIJ - O melhor para o jovem

editora ática

O texto ficcional desta obra é o mesmo das edições anteriores

Ana Z., aonde vai você?
© Marina Colasanti, 1992

DIRETOR EDITORIAL · Fernando Paixão
EDITORA · Gabriela Dias
EDITOR ASSISTENTE · Fabricio Waltrick
APOIO DE REDAÇÃO · Pólen Editorial e Kelly Mayumi Ishida
PREPARADORA · Ruth Kluska Rosa
COORDENADORA DE REVISÃO · Ivany Picasso Batista
REVISORA · Liliane Fernanda Pedroso

ARTE
PROJETO GRÁFICO E CAPA · Tecnopop
EDIÇÃO · Cintia Maria da Silva
ASSISTENTE · Ana Paula Fujita
EDITORAÇÃO ELETRÔNICA · Tecnopop
FONTE · FF Quadraat (Serif, Sans, Sans Condensed & Head),
de Fred Smeijers, editada pela FontShop em 1993

CIP-BRASIL. CATALOGAÇÃO NA FONTE
SINDICATO NACIONAL DOS EDITORES DE LIVROS · RJ

C65a
13.ed.

Colasanti, Marina, 1937-
    Ana Z., aonde vai você? / Marina Colasanti. -
13.ed. - São Paulo : Ática, 2007
    88p. ; il. - (Sinal aberto)

    Apêndice
    Inclui bibliografia
    Contém suplemento de leitura
    ISBN 978-85-08-10529-8

    1. Maturidade - Literatura infantojuvenil.
2. Fantasia - Literatura infantojuvenil. I. Título. II. Série.

06-2493.   CDD 028.5
                                            CDU 087.5

ISBN 978 85 08 10529-8 (aluno)
CL: 735415
CAE: 211397

2024
13ª edição, 10ª impressão
Impressão e acabamento:
Log & Print Gráfica, Dados e Variáveis S.A.

Todos os direitos reservados pela Editora Ática S.A. · 1993
Avenida das Nações Unidas, 7221, Pinheiros - CEP 05425-902 - São Paulo, SP
Atendimento ao cliente: 4003-3061 – atendimento@aticascipione.com.br
www.coletivoleitor.com.br

IMPORTANTE: Ao comprar um livro, você remunera e reconhece o trabalho do autor e o de muitos outros profissionais envolvidos na produção editorial e na comercialização das obras: editores, revisores, diagramadores, ilustradores, gráficos, divulgadores, distribuidores, livreiros, entre outros. Ajude-nos a combater a cópia ilegal! Ela gera desemprego, prejudica a difusão da cultura e encarece os livros que você compra.

sinal aberto  *fantasia*

Quando a realidade é mais fantástica do que a imaginação

De repente, na sua frente surge uma velha tricotando um fio de água. Adiante, um mineiro garimpando ouro para fazer escamas de peixe... Seria um sonho? Você belisca o próprio braço e, espantado, descobre que não está dormindo — e que as imagens são verdadeiras!

O que aconteceria se a realidade fosse mais fantástica do que a imaginação?

Por conta de uma simples curiosidade, Ana Z. — personagem principal deste livro mágico e premiado de Marina Colasanti — descobre-se nessa situação: numa circunstância extraordinária, na qual o absurdo e o inesperado se tornam possíveis. Tudo começa quando Ana se debruça para ver se há água em um poço e, acidentalmente, as contas de seu lindo colar caem lá no fundo. Ela resolve descer para tentar resgatá-las, e aí começa a viver uma história incrível.

> **Não perca!**
> - Novos mundos e culturas descobertos numa viagem surreal.
> - A imaginação e a curiosidade ampliando os horizontes da personagem.

E nada daquilo é um sonho.

Quer saber até onde vão os limites da verdade? Então embarque com Ana nessa aventura surpreendente e descubra um lugar de múltiplas e inacreditáveis possibilidades, onde fantasia e realidade se fundem em uma coisa só.

Ao final do livro, não deixe de ler a entrevista com Marina Colasanti. Além de falar sobre sua vida e obra, ela explica algumas ideias que estão por trás da intrigante saga de Ana Z.

Sumário

1 · Ana Z. ... 7
2 · Começando do fundo ... 9
3 · Toupeira quase cega, quase muda ... 12
4 · Muito ouro, sem tesouro ... 13
5 · Esse lugar é de morte ... 17
6 · De grão em grão Ana avança ... 24
7 · Um desejo de muitos desejos ... 29
8 · Onde ela se meteu? ... 32
9 · Quem conta um conto ... 35
10 · Mais cara que um camelo ... 41
11 · De vento em popa ... 48
12 · De vento em vento ... 52
13 · A cidade sem igual ... 54
14 · O que os olhos não veem ... 61
15 · Um salto rumo às estrelas ... 66
16 · A ação imprevista ... 67
17 · Era uma vez o oeste ... 72
18 · De volta ao começo ... 74
19 · O fundo recomeço ... 76
20 · enFIM ... 79

Bate-papo com Marina Colasanti ... 81
Obras da autora ... 86

*Para Daniela Colasanti,
minha sobrinha*

1
Ana Z.

Esta história começa com Ana debruçada à beira de um poço. Acho que chegou ali por acaso, mas não posso jurar. Não sei nem mesmo se o poço está num campo ou num jardim. A verdade é que não sei nada da vida de Ana antes deste momento. Sei que a letra Z é do seu sobrenome, mas ignoro as outras letras. Desconheço tudo o mais a respeito dela. Eu a encontro como vocês, pela primeira vez, menina à beira de um poço, em que agora se debruça.

Ana quer ver a água no fundo. É provável que quisesse até ver o seu reflexo. Mas não vê. Por mais que olhe, vê só uma escuridão redonda e comprida, como um túnel em pé. E nenhum brilho lá embaixo. Então cospe, para ouvir o barulho do cuspe batendo na água.

É talvez para ouvir melhor que inclina a cabeça um pouco de lado e estica o pescoço. Mas nesse gesto... plaft! O colar de contas brancas, contas que eu vi bem antes dela se inclinar, e que são de marfim, cada uma entalhada no feitio de uma rosa, prende-se no botão da blusa, e parte-se. Num instante, uma após a outra, como meninas em fila ou gotas de choro, as contas caem na escuridão do poço. E Ana, sem tempo para reagir, vê cada conta tornar-se uma mancha branca, depois manchinha branca, ponto branco, pontinho, branco nenhum.

Lá embaixo, nada se mexe. Nem Ana ouve qualquer barulho de água.

"Meu colar!", pensa com força, quase pudesse pescá-lo com seu desejo. Meio que chora, meio que olha em volta procurando solução. Pois solução tem que haver para colar tão querido.

Já vai esfregar os olhos para com a lágrima apagar a ardência, quando estes veem os degraus, e não querem mais saber de esfregação. Não são degraus de verdade, feito os da escada da casa de Ana. São degraus de ferro, escuros de ferrugem, cravados como alças nas paredes do poço. Não têm um ar muito animador, nem muito firme. Mas é por eles que Ana pode ir buscar as contas do seu colar.

Vamos descer com Ana. Devagar. Passar uma perna por cima do poço, testando o degrau com o pé, o corpo ainda metade para fora metade para dentro. Agora a outra perna. Cuidado. A beira do poço é escorregadia, as paredes são cheias de limo. Ana não sabe se suas mãos estão suando, ou se é a umidade dos degraus, mas segura firme. Os pés tateiam. O coração está muito mais apressado que ela. Um degrau. Outro. Mais um.

— Afinal — diz Ana baixinho, tentando minimizar a descida —, um poço é só uma chaminé ao contrário.

Depois dos cinco primeiros degraus, sente-se mais confiante. Não em relação ao poço, mas em relação aos degraus. Já sabe que eles aguentam, pode descer. Só não sabe o que a espera lá embaixo.

Descendo, enquanto cuida de manter o medo quietinho no fundo do estômago, Ana perde a conta dos degraus. Sabe que são muitos. Olha para cima, procurando ter uma ideia da distância. Vê, dos lados, o escuro do poço, a boca lá no alto, redonda, luminosa. E, à medida que desce mais, e mais, o escuro parece crescer, a boca vai diminuindo. Até ficar redondinha e pequena, espécie de lua clara em negro céu. Ana está justamente olhando para ela, quando o pé, já acostumado com os degraus, leva um susto. De repente, tocou o chão.

2
Começando do fundo

Com os dois pés no chão e as mãos ainda nos degraus, para poder fugir depressa se for preciso, Ana tenta ver alguma coisa ao redor. Está tudo tão preto que a princípio não consegue enxergar nem mesmo seus pés. Porém, aos poucos, os olhos se acostumam. E, como se a lua lá no alto tivesse saído de trás de alguma nuvem, Ana começa a entrever a presença de uma pessoa sentada.

— Olá — diz a pessoa, com a delicadeza de quem acha perfeitamente normal ver uma menina chegar ao fundo do próprio poço.

— Oi — responde Ana, que agora distingue claramente uma senhora de cabeça branca.

Por cima do seu tricô, a senhora sorri. Empunha duas agulhas vermelhas, grandonas, e o fio sai de dentro de um balde. Ana estranha. Por que o balde? Mas a pergunta que Ana trouxe consigo lá de cima não aguenta esperar, e pula na frente, antes de qualquer outra.

— Por acaso, a senhora viu as contas do meu colar caindo aqui embaixo? — pergunta com sua voz mais gentil.

— Ahhh!? Eram contas?? — desapontada, a senhora deixa cair o tricô no regaço. Olha para cima, como se pesquisasse aquele distante pedaço de céu. E diz para si mesma: — Que pena... —. Depois, para Ana: — Pensei que fosse granizo. Fiquei tão contente!... A gente bem que precisava de um pouco de granizo — suspira pensativa. — Há tanto tempo não chove.

E logo, voltando a sorrir: — Mas se são contas... devem estar por aí no chão, devem ter rolado. Procure, menina, procure que você acha.

De cócoras primeiro, depois de quatro — que se dane a sujeira nos joelhos —, Ana vai passando a mão pelo chão, buscando as

manchas mais claras, recolhendo, uma por uma, as rosas de marfim. Já tem tantas na palma esquerda, que nem consegue fechar os dedos. E nenhuma mancha branca brilha mais na escuridão. Então senta-se e, enfileirando as contas, tenta recompor o colar. Mas por mais que ajeite, que conte e torne a contar, não há dúvida, está faltando uma. E logo a mais bonita, a maior, aquela que ficava bem no centro, a que ela gostava tanto de alisar com o dedo.
— Falta uma! — exclama, quase pensando em voz alta.
A senhora, que já havia retomado seu tricô, para outra vez, observando a decepção de Ana. Que pergunta:
— A senhora não viu...
— Não, minha filha, não vi não, eu estava tricotando... Mas, se não está aí, só pode ter sido um dos peixes... achou bonita, engoliu.
— Peixe??? Cadê peixes, se não tem água nenhuma?
E Ana olha em volta, naquele poço seco, quase querendo comprovar o que disse.
— Pois aí é que está! — exclama a senhora, contente de poder enfim desabafar. — Eu falei, você nem prestou atenção... Aqui não chove há muito, muitíssimo tempo. E meus peixes, coitadinhos, já não têm como viver. Estou tricotando para eles este último fio de água que guardei no balde, mas...
— Tricotando água!?
— Claro, menina. Você não tem ideia de quantas coisas se podem fazer com um fio d'água. Parece pouco, mas não é. Dá para um bom cobertor, fresquinho, limpinho... Não tem nada melhor. Sobretudo para peixes. E não rasga, sabia?
— Mas onde estão os peixes? — pergunta Ana, mais interessada na sua conta do que na utilidade de um cobertor d'água.
— É isso, eles não quiseram esperar eu acabar... Foram por ali, nessa aguinha do fundo — e a velha senhora aponta atrás de si.
Ana olha para o chão. Aguinha, exatamente não se poderia dizer. É pouco menos que um filete, pouco mais que uma umidade. Mas para peixes espertos, talvez... Ana acompanha com o pé aquele molhado, anda alguns passos de olhar cravado no chão, não fosse perder a tal aguinha ou pisar em algum peixe retardatário. E eis que, de repente, quando eu já estava com medo dela esbarrar na

parede do poço, damos de cara as duas com uma abertura em arco, em que não havíamos reparado antes por causa da escuridão. É a entrada de uma espécie de longo corredor, de onde sopra um ventozinho frio como um outono.

3
Toupeira quase cega, quase muda

Adiante parece até mais escuro que o resto. Mas Ana agora enxerga que nem gato. E, se tem medo, a vontade de ir em frente é muito maior. Esticando o rosto, quase a farejar o desconhecido, abaixa-se um pouco, passa pela abertura, começa a avançar.

É diferente aqui. As paredes, em certos trechos, parecem talhadas na rocha, são ásperas, empoeiradas. O chão é cheio de pedras, de buracos, completamente irregular. É preciso cuidado para andar. E, por todo lado, estacas de madeira escorando o teto e as paredes obrigam Ana a se abaixar, se esgueirar.

"Melhor", pensa ela, querendo assoprar nas brasas da sua coragem que ameaçam se apagar. "Se está escorado, pelo menos não cai na minha cabeça."

Mal acabou de pensar, ploft! Um torrão de terra cai bem perto do seu pé. Sobressaltada, Ana pula para trás. À altura mesmo dos seus olhos, um buraco apareceu na parede. Um buraco pequeno, de beiras saltadas, que parece mover-se, vomitando um resto de lama e cascalho. E de onde surge primeiro uma patinha, depois, repentino e rápido, um focinho de toupeira. É um instante, logo ele se recolhe. Mas Ana viu o pelo, o nariz barreado.

"Aonde será que ela vai?", pergunta-se Ana, imaginando o contínuo trabalho daquelas patinhas, o focinho forcejando no estreito escuro.

"Será que tem pressa de chegar a algum lugar?", pergunta-se ainda. "Talvez à toca dela ou aos filhotes. Ou será que ainda é solteira e só cava, correndo, correndo, porque é toupeira e a única coisa que sabe fazer é cavar?"

Bem que Ana gostaria de estar em uma daquelas histórias em que os animais falam, cheios de sabedoria. Poderia ter então uma bela conversa esclarecedora, aprender tudo sobre a vida e os sentimentos das toupeiras. Mas não está, a toupeira já sumiu. E ela própria tem mais o que fazer adiante.

Só então se dá conta de que não se despediu da velha senhora. Olha para trás, tentada. Seria uma boa desculpa para voltar, desistir da procura.

À frente, o túnel serpenteia, tentador. Brilha fraca, no fundo, uma claridade.

"Bobagem", pensa Ana, sentindo crescer a vontade de explorar. "Ela estava tão interessada no tricô, nem percebeu que eu saí. De qualquer jeito, vou ter que voltar por aqui mesmo. Não demoro, falo com ela depois."

E continua em frente.

Logo percebe que a luz não vem do fundo — o fundo talvez esteja longe. Vem de uma curva.

Tac, tac, vem também da curva um estranho barulho. Ana engole em seco, como se estivesse com sede. "A água", pensa, "faz mesmo uma falta enorme aqui embaixo. E não só para os peixes". Caminha, vai chegando cada vez mais perto. Tac, tac, faz-se mais alto e áspero o barulho. Ana está quase chegando. Levanta uma perna, demorando bem mais que o necessário, para passar por cima de uma estaca. Depois, lentamente, bem lentamente, o mais lentamente possível, vira a curva.

E quase esbarra num mineiro.

4

Muito ouro, sem tesouro

Que é um mineiro ela sabe no ato; porque está sujo como um limpador de chaminés, porque usa aquele capacete com lâmpada na cabeça e, sobretudo, porque está com uma espécie de picareta na mão tirando pedaços da rocha.

E, no exato momento em que sabe que é um mineiro, Ana percebe também que aquele estranho corredor é simplesmente um braço de mina.

Tac, tac. Então era este o barulho. A ponta de ferro da picareta batendo na parede de rocha. O mineiro trabalhando, com aquele solzinho portátil na testa, tirando pedaços das tripas da terra.

O solzinho vira-se para Ana, quase a ofusca, o homem diz qualquer coisa, Ana não entende direito, vê o brilho dos dentes — como brilham no rosto tão preto de pó! Depois o solzinho se desloca, e de novo, tac, tac, a picareta na pedra. O mineiro voltou ao seu trabalho.

— Olá — diz Ana, respondendo a qualquer coisa que ele possa ter dito, embora ele não pareça esperar resposta.

Durante algum tempo, Ana acha graça em ficar olhando. Olha com os olhos, enquanto com a cabeça conversa para dentro. O pensamento dela não vai em linha reta, bem-comportado. Pula do que está vendo para o que está sentindo, volta para o que está vendo, faz perguntas, dá respostas, vai e vem. E o tempo todo empurra ela para falar, e recomenda-lhe que fique quieta.

O pensamento de Ana conversa com ela mais ou menos assim: "Ele vai acabar dando com essa picareta no dedo... Será que é difícil picaretar?... Eu sou é boba!", o pensamento ri de alívio e superioridade. "Com tanto medo, achando sei lá o quê, que depois da curva tinha monstro, assassino... Mina de que será esta, que só tem ele aqui?... Será que ele sai de noite para dormir, ou a casa dele é aqui mesmo?... Casa sem cozinha?... E assim sozinho... Carvão dá em mina? Essa pedra é tão preta, parece mesmo carvão. Mas pedra não pega fogo que nem carvão, nunca vi ninguém botar pedra na lareira ou no fogão... Se eu perguntar, vai achar que sou enxerida... Eu não falei que ele ia acertar no dedo!? Também, com esse troço pesado... Mas bem que eu queria perguntar de que que é essa mina, e o que ele está fazendo aqui, e por que não tem outro com ele trabalhando junto, e..."

Ana nunca tem certeza, com essa coisa de fazer perguntas. Nunca sabe direito quando é para perguntar, e quando é que vão achar que está se metendo onde não é chamada. Ela tem sempre tantas perguntas para fazer. E chamar, chamar de verdade, ninguém chama. Então acaba se metendo assim mesmo. É uma perguntadora autônoma.

— Essa mina aqui é de quem, hein?

Pronto, Ana não resistiu. Nem podia, já que não fez força para resistir. Mas o homem não parece incomodado com a pergunta. Já chupou o dedo amassado — coragem dele, botar um dedo tão sujo na boca! —, e agora está examinando o pedaço de pedra que tirou.

— Como, de quem é? — levanta a cabeça olhando para Ana.

— Quem é o dono? É você?

— Dono? Que ideia! — sacode a cabeça, e o solzinho vai pra cá e pra lá, como se estivesse balançando na ponta de um fio. — Não tem dono não. Quanto mais eu! — sorri com a ideia, depois fica sério. — A mina está aqui. Eu estou aqui. Só isso. Eu estou aqui porque sou mineiro, e os mineiros trabalham nas minas.

— É mina de quê?

— Ouro.

— Ouro?!?!?!!!!!!!!

Ana se espanta. Primeiro porque sabe que ouro é precioso, preciosíssimo. Ninguém fala em ouro como fala de qualquer outra coisa, ninguém fala em ouro sem botar pelo menos um ponto de exclamação.!. Segundo, porque nunca viu um ouro tão diferente. O ouro que ela conhece é o das joias da mãe e o do relógio do avô, aquele relógio que ninguém usa, nem o avô, e que vive trancado numa caixa, no fundo de uma gaveta, senão roubam porque é de ouro.

— Tem certeza?

— Ora, garota, olha aqui — o mineiro estende o pedaço de rocha para Ana, joga um sol do meio-dia bem em cima dele.

Ana vê uma coisa que brilha, lá dentro, fininha, que pode ser do sol, que pode ser o ouro, mas que Ana tem certeza, ah! tem, que é tão bonito quanto o relógio do avô.

— E para quem você vende?

— Você é esquisita mesmo! Que negócio é esse de vender? Não vendo para ninguém, não.

Olha para ela, e Ana repara que os olhos são limpos, no rosto sujo. "Olho não é que nem orelha", pensa ela, "é um bocado difícil de sujar. A gente usa o dia inteiro e nem lava no banho". Mas já ele continua:

— O ouro não é para vender. É para os peixes. Para fazer as escamas deles.

E, diante da expressão de incredulidade de Ana: — Como é que você quer que eles tenham escamas douradas, se ninguém pegar o ouro para eles?

Os peixes, de novo. Ana quase tinha se esquecido deles. Em voz alta continua o interrogatório:

— Eles precisam desse ouro todo?

— Quem disse que eu tiro todo? Só tiro o que eles usam.

E quanto será que eles usam? E como será que ele faz as escamas? E o que acontece com as escamas depois que um peixe morre? E quanto demora um peixe para morrer? Peixe tem doença? Existe remédio para peixe????? Ana está tão cheia de perguntas, que o peito parece comichar. Mas, já que não pode perguntar tudo o que quer saber, pergunta apenas o mais importante.

— Você viu os peixes passando por aqui a caminho de algum lugar?

É claro que ele não viu, como é que podia ver, se estava de cara para a pedra, trabalhando?

— E não ouviu nada?

Ouvir como, se peixes não falam nem fazem barulho? Mas que ela não se preocupe, não podem ter ido muito longe, sem pernas e com essa falta de água... E também, aqui não tem muitos caminhos, só aquele. E aponta. Tudo o que ela tem que fazer é ir em frente, procurando nas poças, nos molhados.

— E você, como é que vai fazer, se os peixes foram embora? Vai trabalhar para quem? — pergunta ainda Ana.

— Não foram embora. Foram só até algum lugar, procurar água. Acontece, nas secas. Depois voltam. Eles precisam tanto de mim quanto eu deles. Eu espero.

Agora Ana poderia muito bem ir atrás dos peixes. Não tem mais razão para ficar ali. Mas faz que vai, e não vai, porque um desejo enroscou-se no seu tornozelo feito uma corda, e não a deixa sair.

Hesita. Abaixa o queixo no peito. Depois levanta a cabeça e, numa arrancada, libera o tornozelo:
— Dá uma escama pra mim?
O mineiro para, desconfiado.
— Pra quê?
— De lembrança.
— Não posso. Mesmo. Aqui não se desperdiça nada. Não se tira nada que não se vai usar.
— Desperdício coisa nenhuma! Quem disse que não vou usar? Lembrança é muito mais útil que escama. Vou usar a vida toda. Juro.
— Jura?
Que bonito o sorriso do mineiro! Ele se abaixa, abre uma caixa de ferro tão escura quanto a pedra, cheia de gavetinhas. Abre uma gavetinha. Estende a mão para Ana.
Na palma, um brilho quase transparente, uma agulhada de ouro.
— Cuidado para não perder. É escama de rabo de filhote.
Uma coisa ainda prende Ana. Um desejo mais. Já que vai atrás dos peixes, será que o mineiro não teria outra lâmpada, igual à dele, para lhe emprestar? É pedir muito, ela sabe, mas não vai demorar, já já volta, e seria tão mais fácil com aquela luz.
O mineiro, que fica sempre ali sozinho, anos a fio sem conversar com ninguém, já se sente amigo de Ana, quase íntimo. E por que não emprestaria uma lâmpada a uma amiga íntima?
Assim, capacete luminoso na cabeça, escama de filhote no bolso, Ana se despede, e segue caminho.
Aos poucos, tac, tac, o ruído, que recomeçou, esmaece, vai ficando para trás.

5
Esse lugar é de morte

E já não se ouve, quando Ana nota que o teto está ficando cada vez mais baixo, as paredes cada vez mais próximas. Tão baixo e tão próximas que não há mais estacas. Ana se abaixa, caminha um pouco, colando bem os braços no corpo. Se abaixa mais ainda, avança quase de cócoras naquilo que agora virou um túnel apertado, ou uma espécie de funil. Com nojo, sente teias de aranha colando nos cabelos, encolhe o pescoço buscando a proteção da gola. "Pareço um sapo", pensa. E nem bem encerrou o pensamento, percebe que o aperto acabou, nenhuma ponta fria roça mais nas suas costas. Ana saiu em algum lugar. O negrume é o mesmo, mas um espaço maior abriu-se ao seu redor.

Um cheiro diferente, mais seco e sem mofo. É a primeira coisa que Ana percebe. E calor. Aqui é bem mais quente, abafado. Com lento cuidado, enquanto se põe de pé, Ana levanta a cabeça, para iluminar em volta.

O raio de luz do seu capacete salta para dentro da escuridão, se estica todo, vai se movendo desimpedido como uma vara. É tão bonito, que Ana dá uma balançada na cabeça só para vê-lo desenhar o escuro. E, num susto, é o coração de Ana que balança e salta dentro do peito, esbarrando nas costelas. Por um instante, o raio bateu num vulto branco.

Ana se encolhe toda, esconde a luz contra o chão. Mas, por mais quieta que fique, o ar parece sair do seu nariz com barulho de ventania, e ela tampa o nariz e abre a boca, e agora é o sangue batendo na sua cabeça que faz um barulhão, um barulhão tão grande que ela tem certeza de que o vulto branco está ouvindo, e avança para ela, e vai achá-la, vai agarrá-la, vai, vai, vai.

Ana abraça seus joelhos com tanta força que os braços doem. Está quase sentindo a mão do vulto, a garra do vulto, cravando as unhas no seu pescoço. Quase. Falta pouco. Pouquíssimo. Um momento só. Mas falta. Aquele momento passa. Fica faltando só mais outro. Mínimo momento. Que também passa. Nenhum passo se aproxima. Nenhuma garra se abate sobre a sua nuca. Ana espera. O sangue já não bate com tanta força.

Então, bem devagarinho, Ana levanta a cabeça. E, não vendo ninguém ao seu lado, deixa a luz procurar a presença assustadora.

Primeiro, nada, só espaço preto. Depois, uma mancha mais clara. Uma parede. E pronto! A luz bate nele novamente, no homem vestido de branco. Ana vira a cabeça depressa, desvia a luz. Porém, sem tanto medo desta vez, conseguiu perceber que o outro está de perfil, e nem se mexeu para olhar para ela. Silêncio. Nada acontece. Só a luz de Ana começa a se movimentar. Percorre lentamente a parede, ilumina pequenos desenhos desbotados que não havia iluminado antes, e chega a dois pés calçados de sandálias. Imóveis. A luz e o olhar de Ana sobem pelos tornozelos, batem nas pregas brancas da roupa. Continuam subindo. E eis que Ana ri sem risada, meio tremida por dentro de alívio e graça. Não é um homem, é uma mulher, e não é gente, é uma pintura na parede.

Agora que está quase alegre, Ana pode chegar perto para olhar. A roupa é comprida, meio transparente. Os pés estão virados para o lado, o rosto está virado para o lado. Ana já viu um perfil como aquele, com o olho tão grande, maquilado de preto. Já viu aquela franja grossa, o enfeite na cabeça com uma serpente saindo bem no meio da testa. Mas não, não pode ser. Ana move a luz ao longo da parede. E ali está, pintado mais adiante, o homem que a assustou tanto. Vestido de branco ele também, com uma barba certinha certinha, saindo como um rabo da ponta do queixo, e o corpo virado daquele mesmo jeito. Sim, Ana já viu figuras assim todas de perfil, já viu nos livros, sabe muito bem de que gente se trata. Veio parar num museu? Mas não tem cartazinho em lugar nenhum, nem extintor de incêndio, não tem tomador de conta, e o chão é todo escalavrado. Não, não está num museu. Talvez então... "Mas não, não é possível!! Não posso acreditar!", diz uma metade dela, enquanto a outra metade já está acreditando. E logo, espantadas, as duas metades se perguntam juntas: "Como é que vim parar entre os egípcios?!".

A descoberta dá um cansaço tão grande nos joelhos de Ana que ela quase quer sentar. Ah! se tivesse alguém com quem falar, alguém a quem perguntar como e por quê.

Mas, já que está sozinha, aproveita para iluminar mais ao redor. O teto, sustentado por umas colunas gordinhas, não é muito alto. As paredes são pintadas, cheias de sinais, figuras. Tem camponeses cortando trigo, mulheres tocando instrumentos, pessoas numa casa. Tem até crianças, ou umas pessoinhas pequenas.

"Tivesse balão, dava uma história em quadrinhos", pensa Ana divertida, acompanhando as pinturas.

Pela porta, sem porta, ao fundo, Ana vê que esta sala dá para outra sala. Vai até lá. Outras portas sem portas. Que dão para outras salas. Todas parecidas, todas pintadas, todas vazias. "Será um labirinto?", pergunta Ana a si mesma. "Mas labirinto pra quê?"
"Ou será uma tumba?!!!"
Tumba, tumbaa, tumbaaa, repercute a palavra feito um eco na cabeça de Ana. E lá dentro o eco completa "sarcófago", "múmia".

É justamente no momento em que o medo da múmia alfineta toda a pele de Ana que uma das aberturas se ilumina, como se outra luz viesse vindo, e Ana ouve vozes.

"Ladrões de tumbas!", pensa, atropelada por novo susto. Isso também ela conhece, viu no cinema. "Caçadores de tesouros!" São eles, certamente.

Depressa, Ana apaga seu capacete. Rápida se esconde atrás de uma espécie de pedra.

E as vozes vêm chegando. Mais perto, cada vez mais perto. Até que... *click*. A sala toda se ilumina de brilhante luz elétrica.

Nessa luz inesperada que a faz piscar várias vezes, Ana vê dois homens, de camiseta e calça branca, como dois médicos. Um é baixo, outro alto, um tem barba, o outro, bigodes, só um deles usa óculos. E, apesar de diferentes, são muito parecidos. Como se tivessem ensaiado, abrem suas malinhas. Tiram pincéis, potinhos, uma lupa. O da barba pega um banquinho alto que estava num canto, e sobe nele bem diante da parede, que começa a encarar. O dos bigodes remexe na malinha, tira um embrulhinho de papel cinzento, senta-se no chão. Olhando os gestos com que ele desfaz o embrulhinho, Ana sente que sua coragem está despertando e já se espreguiça, pronta para reassumir. Pois ali, nas mãos daquele homem, surgiu do papel tudo o que ela mais deseja nesse momento: um lindo sanduíche de mortadela.

— Já que vocês não são ladrões de tumbas, o que são? — pergunta Ana, saindo do seu esconderijo.

Um potinho cai no chão, a dentada no sanduíche fica a meio caminho, os homens olham surpresos para Ana.
— Llaaddrrõõeess ddee ttuummbbaass??!! — exclamam os dois quase ao mesmo tempo.
Depois, percebendo que afinal trata-se apenas de uma menina curiosa, o do potinho se refaz da surpresa, e acrescenta com ar superior: — Isso não se usa mais.
E o outro arremata: — Não se usa, porque não tem mais o que levar, em tumba nenhuma.
Ri o Baixinho: — Levaram tudo, há muito tempo.
— Então, vocês fazem o quê? — a coragem de Ana destampou o perguntador.
— Estamos tratando da restauração — diz o Alto.
E Ana, contente de saber o que é restauração: — Da tumba?
— Da cuca — responde ele.
Surpresa de Ana — De quem?
Baixinho — Da nossa.
Alto — Estávamos meio esgotados.
Baixinho — A vida entre os vivos é muito cansativa.
Alto — São barulhentos demais.
Baixinho — E tão metidos!
Alto — O pessoal aqui é mais discreto — olha em volta. — E muito silencioso.
Baixinho — Daí, aceitamos esse trabalho.
Alto — Conseguimos o patrocínio de um novo refrigerante.
Ana, começando a se irritar — Mas que trabalho?
Baixinho, como quem está repetindo uma obviedade — De restauração.
Ana, com ar esperto — Da cuca.
Alto — Não. Da tumba.
É muita restauração para a cabeça de uma menina. Sobretudo uma menina faminta, posta diante de um homem que afunda os dentes no seu pão com mortadela. Só a fome e o cheirinho de sanduíche poderiam levar Ana a trocar um monte de perguntas por um único pedido. Feito em voz baixa, encabulada, mas não menos convincente.

— Me dá uma mordidinha?

Retirado, de dentro da malinha, outro sanduíche para ela, Ana senta-se encostada à tal pedra, tira o capacete para ficar mais à vontade.

— Cadê a múmia? — pergunta de boca cheia.

— No museu — responde o gordinho.

— É onde todas ficam — explica o magrinho. E acrescenta, apontando com o queixo: — Antes ficava aí.

Ana, desconfiada: — Aí, onde?

— Aí mesmo, onde você está encostada.

— Nessa pedra?

— Pedra nada. Isso é o sarcófago, menina.

— De granito — arremata o outro, querendo mesmo impressionar.

O sarcófago! E ela ali, comendo sanduíche como se estivesse numa lanchonete ou num piquenique. "Será que é falta de respeito?", pergunta-se Ana, sem muita convicção, mas desencostando do granito frio. E, em voz alta: — O dono era quem?

— O dono era uma dona — responde o primeiro.

— Uma rainha — completa o segundo.

Nunca Ana esteve tão perto de uma rainha, mesmo morta, mesmo ausente. Como se não tivesse visto a sala antes, Ana olha em volta, uma reverência toda nova conduzindo seu olhar. Certamente é ela a mulher de branco que, percebe agora, está pintada em tantos lugares. Jovem rainha de roupa pregueada, andando ao longo das paredes da sua tumba como andava nas salas do seu palácio. Onde andará agora? Morreu jovem assim? E o homem, aquele da barba, seria o pai? Ou o marido? A maré das perguntas ameaça inundar a boca de Ana, tomando o lugar do sanduíche, que já está quase no fim. Mas, livre da fome, ela se lembra do que a trouxe.
— Vocês viram uns peixes passando por aqui?
— Peixes?! — pergunta o primeiro.
— Você disse peixes? — insiste o segundo. Depois, como se a pergunta fosse corriqueira: — Peixes, não. Não creio ter visto nenhum peixe por aqui. Temos outros animais, se você quiser — e aponta para as centenas de figurinhas pintadas na parede ao lado da rainha de branco, ordenadas fileiras da escrita egípcia. — Temos ali uma águia, mais embaixo um abutre. Serve esta lagartixa? Ou prefere uma coruja? Um cachorro talvez...
Ana já não presta atenção. Bichos pintados de nada lhe adiantam. Olha para o chão, é mais seco que o da mina. Aqui, na certa, seus peixes não teriam por que se demorar.
— E por onde é que a gente sai? — pergunta, vendo que o segundo já retomou seu trabalho.
— VVooccêê jjáá vvaaii?? — perguntam os dois, novamente juntos.
Sim, Ana já vai. Algum tempo passou desde que deixou o poço, deve ser noite. E a esta hora os peixes sabe lá onde estão.
— Sai por ali — diz o primeiro.
— Não tem como errar, é fácil — arremata o segundo. — Você sai daqui, anda até ali, chega na primeira entrada à esquerda. Não pega. Também não é a primeira à direita. O melhor seria ir pela anteprimeira... é um bom atalho. Senão vai em frente mesmo, mas não muito reto, até chegar num larguinho apertado...
Ana percebe que é mais fácil perder-se nas explicações do que no caminho. Despedidas feitas, começa pela direção apontada pelos dois.

Daquela sala para outra menor, entrada à direita, não pega, entrada à esquerda, não pega, depois uma rampa, degraus, um corredor, vira pra cá, sobe pra lá, outra sala. "Será que me perdi?", mais uma salinha. "Podiam botar pelo menos uma seta... Que calorão!", anda mais um pouco, outra rampa, Ana já está toda suada, pensa que é melhor voltar, mas tem certeza de que não seria capaz de achar seu rumo ao contrário. Afinal, vê lá adiante um portal pequeno, este com porta. Fechada.

Ana empurra a porta.

E, de repente, como se recebesse um balde d'água na cara, o sol se entorna em cima dela, um calor de fornalha lhe sobe pelas pernas, seus olhos quase se fecham barrando tanta luz. À sua frente, imensa ondulação dourada, desdobra-se em pregas macias o deserto.

6
De grão em grão Ana avança

O queixo de Ana não cai, porque está bem preso no rosto e, sobretudo, porque Ana nem abre a boca. Como toda vez que fica muito surpresa, faz exatamente o contrário. Fecha apertados os lábios, para a surpresa não sair.

E a surpresa, que vinha atropelando tudo, corpo adentro, é obrigada a parar diante daquela boca fechada, fica entalada na garganta. Ana mal consegue respirar. Aí engole, depois engole outra vez, empurrando a surpresa garganta abaixo, digerindo ela. Até respirar de novo, normalmente.

— O deserto... — murmura Ana cheia de admiração, como quem repete o nome de alguém importante a quem está sendo apresentado.

— Deseeeertoooooooooo! — grita em seguida, querendo impor a própria voz àquela imensidão.

Mas cada grão de areia parece sugar um pouquinho da voz de Ana, e o grito não corre, não ecoa. Cai logo ali, a seus pés. E some.

Ana não sabe bem o que fazer. Dá alguns passos para a frente. Para. A tumba de onde veio lhe parece por um instante mais segura. Quase tem saudade da sua escuridão. Vira-se, vê duas enormes esculturas de pedra ladeando o portal, duas mulheres gigantescas com cabeça de leão, que não tinha visto ao sair. Sente-se tão pequena perto delas! Vista daqui, a tumba já não parece a mesma tumba, já não lhe oferece nenhuma intimidade. E dizer que ela teve tanto medo lá dentro.

"O medo, visto de fora", pensa Ana, "não é nem um tantinho igual ao que a gente sente por dentro".

Agora, só lhe resta enfrentar o deserto.

Ana olha, protege os olhos com a mão, aperta as pálpebras para vencer a claridade, e através das frestas dos olhos vai se apossando aos poucos do que nunca havia visto antes.

Dunas, areia a perder de vista. "É como uma praia que não acaba nunca, uma praia sem mar", pensa ela. "Sem mar". A frase engancha no pensamento de Ana, que, sem saber bem por quê, repete "sem mar... sem mar...". Até esbarrar no óbvio: sem mar é igual a sem água. É isso! Nessa secura toda, nesse imenso oceano em pó, onde teriam ido parar seus peixes?

"Ah! se precisasse apenas procurar uma agulha num palheiro, como seria fácil", pensa Ana desalentada.

Está justamente se perguntando por onde começar quando percebe que um homem com três cabras vem vindo na sua direção.

"Como foi que não vi ele antes?", pergunta-se Ana. "Também, com essa claridade... Vai ver, estava atrás de uma duna."

Seja como for, é uma pessoa a quem pedir informações. E se aproxima...

Agora Ana consegue vê-lo melhor. Turbante na cabeça, uma roupona até os pés, de mangas compridas, tudo meio folgado, meio enrolado, meio marronzado ("como aguenta tanta roupa com esse calor?"). Um cajado na mão. Deve ser um pastor pastoreando suas cabras ("como se pastoreia onde não tem pasto?"). Mas, quando Ana já de sorriso pronto vai dirigir-se a ele, ele para.

"Por que será que parou?" Vai Ana ao seu encontro, sem notar uma nuvem de poeira, ou de areia, que se aproxima depressa, vinda lá de longe.

Arma de novo o sorriso. Desta vez o homem nem olha para ela, levanta os braços, agita as mãos, faz sinal com o cajado. E a nuvem de poeira que vinha chegando para com um barulho de ferragens desconjuntadas, se desfaz aos poucos, deixando ver um velho ônibus, cheio de gente.

O pastor sobe, empurrando as três cabras para dentro. Ana hesita. Mas é melhor um ônibus na mão que dunas voando. E, se seus peixes foram a algum lugar, na certa não foram andando. Antes que o motorista dê a partida, Ana também sobe.

Senta-se lá no fundo, no último lugar, entre o pastor e uma velha que dorme. O ônibus está tão cheio de bichos, que parece uma arca de Noé sobre rodas. Galinhas numa cesta, cabras, cabritos e cabritinhos, um bode, mais galinhas numa bolsa, mais cabras, tem até uma espécie de raposa pequena com grandes orelhas, no colo de um rapaz. E talvez porque o ônibus sacoleja tanto, ou porque parece que vai desmontar-se a qualquer momento, todos os bichos

cacarejam, balem, rosnam. E como cheiram! Ainda bem que as janelas estão abertas. Aliás, pode ser até que estejam fechadas, mas o ar circula de qualquer jeito, porque as janelas não têm vidros.

Ana quer falar com o pastor antes que ele também adormeça. Quer perguntar onde estão, aonde vão, quer saber coisas. Cutuca-o delicadamente. Tão delicadamente que ele nem percebe. Cutuca-o de novo, com mais força. Força suficiente para que ele, que parecia estar conversando com suas cabras, a olhe de cara feia. E então, com uma terceira tentativa de sorriso, Ana fala:

— Por favor, o senhor poderia me dizer...

Mas, assim como seu grito se perdeu no deserto, sua fala se perde agora na algazarra. O homem franze as sobrancelhas grossas num esforço para ouvir. Ana levanta mais a voz. O homem tampa os ouvidos com as mãos. Ana repete mais baixo. O homem destampa as orelhas, franze as sobrancelhas e também o nariz. Uma cabra tenta subir no colo dele. Ana repete sua frase. Ele está ocupado enxotando a cabra. Ana vai repetir novamente, a cabra mordisca a mão dela. Ana desiste.

Desiste de falar e fazer-se ouvir. Mas não desiste de pedir informações.

Vasculha no bolso da saia, encontra um cotoco de lápis. Papel, nem pensar. Olha em volta, não vê a menor possibilidade de achar naquele ônibus algo parecido. Então estica o pano da saia, bem esticado, capricha no desenho de um peixe sobre o pano. Depois cutuca o pastor e mostra para ele.

Até que enfim o pastor sorriu! Não parece ter reconhecido o peixe, mas gostou da brincadeira. Tira o lápis da mão de Ana, puxa o pedaço de pano que lhe sai do turbante, puxa mais, desenrolando um pedaço, alisa-o, e desenha nele um lagarto, com escamas quase iguais as do peixe, mas um lagarto. Ana faz que não com a cabeça, desenha outro peixe. O homem agora ri, francamente divertido. Arranca novamente o lápis, e desenha uma cobra, cheia de escamas, mas uma cobra. Ana faz que não com a cabeça. O homem faz que não com a cabeça. E ficam os dois, balançando a cabeça um para o outro, meio para dizer que não, meio acompanhando os sacolejos do ônibus, rodeados pelos balidos das cabras.

Ana decide que pedirá informações na primeira parada. As dunas passam lá fora, todas iguais. O tempo passa ali dentro, todo igual. A cabeça de Ana pesa, pesam suas pálpebras. Ana faz força para não dormir; afinal, nunca esteve antes no deserto, quer ver bem, aproveitar tudo. Mas o calor é tanto, o cansaço é tanto, que apesar do esforço é bem provável que Ana tenha cochilado. Tem até a impressão de estar sonhando, ao ver surgir inesperadamente, além da janela, palmeiras, árvores, arbustos floridos, o azul meio escondido de um lago. "Um oásis!", grita seu coração em primavera.

No ônibus, ninguém além dela parece ligar para aquela maravilha de frescor. "Essa gente do deserto é estranha demais", pensa Ana. E se levanta, só ela de pé em meio aos passageiros indiferentes que dormitam abraçados a seus animais. Puxa a cordinha, faz sinal que quer saltar, vai passando por cima de cabras e galinhas. A raposa pequena olha para ela mexendo suas grandes orelhas. O ônibus para, envolto na nuvem. Ana salta.

Sua boca risonha se enche de pó, ela engasga. E, quando acaba de tossir, o ônibus se foi. Ana está sozinha diante do oásis.

7
Um desejo de muitos desejos

Atrás, as dunas. À frente, outro ondejar. De folhas, talos, galhos, que se dobram ao vento, dançantes como águas. E surgindo ali, bem na divisa onde o deserto se aquieta e lambe o verde, uma enorme acácia em flor.

Estremecem as folhas, leves plumas, cintila ao sol o amarelo das flores. Ana nunca quis tanto sentar-se à sombra de uma árvore. Olha para seus pés, e os vê afundados na areia. Olha poucos metros adiante e vê a grama crescendo. E devagar, querendo que a sombra se pouse na sua pele como um pólen, Ana vai andando até chegar junto ao tronco.

Mas o ar continua quente, e por mais que Ana respire fundo para encharcar-se de cheiro de mato, seus pulmões continuam abrasados, seu nariz parece guardar o cheiro abafado do ônibus.

Ana sua, sem entender por quê, sentada sobre a grama escaldante. Nem lhe chega o perfume das flores, ou o farfalhar das folhas. Só ela, porém, parece sofrer como se ainda estivesse entre dunas. Os outros, as pessoas que vê acudindo a seus afazeres naquele enorme jardim, parecem frescos e satisfeitos.

"Que é isso, por que estou com tanto calor?", pergunta-se ela, recostando-se contra o tronco.

Mas, catrapum! Em vez do apoio do tronco, Ana encontrou o vazio e caiu de costas, batendo com a cabeça no chão.

Levanta-se, olha, o tronco está ali. Estende a mão para tocá-lo, a mão atravessa o nada.

Ana aperta bem os lábios. Surpresa nenhuma vai sair da sua boca.

Novamente estende a mão sem nada encontrar, e se levanta, dá um chute no tronco, não há tronco, tenta pular para agarrar uma folha, só agarra o ar.

E continuaria nessas tentativas, se não fosse interrompida por uma risada.

Vira-se. Uma mulher gordinha, com um cântaro na cabeça, está atrás dela.

— Qual é a graça?! — rosna Ana, sem coragem para estender a mão e (não) tocar na mulher.

— Nenhuma, desculpe.

A mulher parou de rir. Sorri apenas, descansando o cântaro no chão.

— É que você não sabe.

— Não sei o quê?

— Que está numa miragem.

Desta vez, não houve jeito de segurar os lábios fechados, e o espanto de Ana sai boca afora.

— Miragem?

Sente o suor escorrendo pelo pescoço.

— Aqui as coisas se veem — diz a mulher —, mas não são.

Ana olha para a mulher, para o cântaro. Acha difícil acreditar.

— Não fique aí parada, com essa cara de espanto — diz a mulher. — Vamos até lá em casa, no caminho eu explico.

A mulher suspende o cântaro até a cabeça.

— Eu disse miragem, para simplificar — vai falando enquanto anda, acompanhada de perto por Ana. — Mas você vai ver, é uma miragem meio especial.

Caminha mais um pouco com andar ondulante para não derramar a água. E completa:

— As coisas não são. Mas a gente faz as coisas serem.

Agora elas vão entre tufos de leandros floridos. Ana quase trotando, porque às vezes para, distraída por uma borboleta ou um pássaro, e não quer perder-se da mulher.

— Enfim — diz esta como se quisesse livrar-se de uma explicação mais complicada —, você está no oásis do Desejo.

Hibiscos, roseiras em flor, um tamarindo copado. Ana e a mulher passam por um homem que come tâmaras. Adiante, outro rasga um pão. Um menino puxa um burrico por uma corda. Um pavão passeia, exibindo sua cauda. "Será que nada disso é?", pensa Ana incrédula. E em voz alta:

— E o que deseja, esse oásis?

Outra vez, a mulher ri.

— Ele não deseja nada, sua boba. Ele é o nosso desejo.

Dessa vez, as coisas ficaram difíceis de verdade para Ana. Que, porém, vai seguindo a mulher, com os braços bem colados no corpo, de medo de tocar em alguma coisa e ela não ser, ou de tocar e, de repente, ela ser, e confundir tudo mais ainda.

Vai andando e reparando nas casinhas brancas, nas tamareiras, na lagartixa que sobe num tronco.

— Quer dizer que se eu desejar uma coisa ela aparece, que nem essa lagartixa?

— É preciso mais do que isso.

Porém, Ana nem liga para a resposta, porque está começando a gostar da ideia, e se ocupa em desejar um sorvete de amoras, o maior sorvete de amoras que sua imaginação consegue criar.

Deseja, deseja, sente a boca encher-se d'água, de tanto desejo. E nada. Capricha ainda mais no desejado. E ainda nada. Nenhum sorvete vem instalar-se na sua mão ou adoçar sua língua.

Ana sente-se traída.

— É mentira. É tudo mentira. Você está falando tudo errado para mim — Ana tem vontade de jogar-se no chão de tanto desapontamento, e espernear, como quando era pequena.

— Calma. Ainda não acabei — e a mulher para.

Chegaram diante de uma casa, mas a mulher não levanta a cortina que cobre a porta, não faz menção de entrar. Vira-se para Ana.

— Um desejo só não dá. É muito pouco. Se você desejar uma coisa, em segredo, sozinha, e ficar esperando, vai ter que esperar a vida inteira. Mas se eu desejo muito ter dois camelos, e se você deseja o esterco dos meus camelos para adubar sua roseira a fim de que cresça e cubra a parede da sua casa, e se o seu hóspede deseja que você tenha uma casa para estar nela e que tenha a parede recoberta por uma roseira bem adubada para dar mais flores e tornar a casa mais fresca e mais perfumada, permitindo que ele descanse bem da sua longa viagem, então eu terei meus dois camelos, que estercarão sua roseira, que subirá pelas paredes da casa, que abrigará o hóspede, que dormirá à noite, que sonhará lançando as sementes de um novo desejo, irmão do desejo despontado em algum outro sonho, para serem realizados no dia seguinte junto com outros, e assim por diante.

Os olhos da mulher como que sorriem.

— Entendeu, Ana? — levanta a cortina, afasta-se para deixar Ana passar. — Agora, seja minha hóspede.

8
Onde ela se meteu?

Acompanhei Ana até aqui, entrei com ela na casa. Quando sentou-se no banco, temi que não houvesse banco nenhum, e ela caísse no chão. Mas Ana deve ter desejado muito aquela casa, que a mulher também desejava, assim como a desejavam as andorinhas que abrigavam seus ninhos sob as telhas, e a roseira que lhe escalava a parede, tornando-a fresca e acolhedora. O fato é que Ana sentou-se. Vi quando comeu coalhada. E a ouvi perguntar.

— Como é que você sabe meu nome?

— Sei, porque você gosta que eu saiba. E porque eu não desejaria ter na minha casa um hóspede de quem não conhecesse o nome.

Vi Ana meter na boca mais uma colherada de coalhada.

— Aqui — disse a mulher —, todo mundo sabe o nome de todo mundo. Porque ninguém deseja ser desconhecido.

Tudo isso eu vi. Ainda esperei até mais tarde, até a hora de Ana ir deitar-se. Só quando tive certeza de que dormia, na cama estreita e limpa, deixei-a. E fui tratar da minha vida.

Demorei mais do que pretendia, confesso mesmo que passei alguns dias sem cuidar dela, ocupada que estava com minhas próprias coisas. Quando voltei, não a encontrei mais lá. Nem na cama. Nem na casa.

Onde teria se metido? Poderia perguntar à mulher, mas não gosto de conversar com qualquer personagem.

Então, saí à sua procura pelo oásis. Sem grande aflição, porque não acreditava que Ana tivesse saído para o deserto.

E, porque não havia em mim ansiedade maior, pude me demorar entre as barracas do mercado, prestando atenção no que comerciantes e fregueses comentavam entre si, e à beira do riacho, onde as lavadeiras conversavam. Nada melhor, para saber dos passos de uma estrangeira, do que ouvir o que falam as pessoas do lugar.

De fato, descobri até mais do que esperava. No mercado, um homem de manto listado disse para o vendedor de frutas:

— Belos limões tens aí nesse cesto.

— Ah! — respondeu o vendedor ajeitando os limões —, belos mesmo são os cabelos da menina da torre.

— Cabelos, cabelos... com tão lindas tranças que têm as nossas meninas... Não há de ser por causa dos cabelos que ela está lá.

— Me contaram — e o vendedor inclinou-se segredando — que a voz dela é mais doce que essas uvas.

Mas aí o comprador distraiu-se com as uvas, provou uma e, entre cachos e balança, não disseram mais nada que me interessasse.

Segui com os olhos uma moça bonita, de calças bufantes, o rosto coberto por um véu. Reparei que um jovem cameleiro também olhava para ela.

— Bonita assim, só no harém do Sultão — disse ele em voz alta, quando a moça passou a seu lado.

— O Sultão nem vai mais para o harém... tem outra coisa com que se ocupar — respondeu ela, brejeira. — Dizem que na torre passa as noites em claro.

— Grande coisa — retrucou o rapaz —, como ele, eu também passava.

Adiante, três velhas cochichavam.

— Ouvi dizer que o Sultão só tem ouvidos para ela — falou a mais encurvada.

— Tem o quê? — perguntou a mais enrugada.

— Ouvidos, ouvidos. Está surda? — quase gritou a encurvada, encurvando-se ainda mais.

— Faz ele muito bem — concluiu a mais desdentada. — Quem tem ouvidos, ouça! Não é assim que dizia o Profeta?

E as três sacudiram a cabeça.

As lavadeiras foram as que me deram mais informações. Uma ensaboada e uma palavra, uma esfregada e uma frase, uma enxaguada e um mexerico, é assim que elas passam seus dias.

E assim elas conversavam à beira do riacho, as palavras correndo de uma a outra como a água entre as pedras:

— Eu queria é lavar a roupa dela. Dizem que é tudo fino e macio, só o mais puro linho e a mais rara seda.

— Você ia arranhar os dedos nas pedras preciosas dos bordados, isso sim!

Todas riram, parando por um instante de bater as roupas.

— Parece que ela veio de muito longe, não é daqui.

— Grandes coisas... todos viemos de longe.

— Não é daqui, mas aqui é que se deu bem. Vive no maior conforto.

— Até torre tem pra ela.

— A torre foi o Sultão que quis.
— Nem foi por causa dela. Queria, faz tempo. Mas quem é que ele ia botar lá? Só essa menina, pra saber tanta história.

Dei um salto. Que negócio era esse de histórias? Quem tem que contar histórias aqui sou eu.

Olhei em volta. Achar a torre do palácio não foi difícil. Mais alta que as tamareiras, só havia ela. Entrar também não foi difícil. Não há guardas nem trancas nesse oásis.

Subi longas escadas em caracol. No alto, deitada sobre coxins, reencontrei Ana.

9
Quem conta um conto

Não está tão diferente quanto pensam as lavadeiras. Nem está coberta de pedras preciosas. A roupa sim, mudou. E o jeito dela, um pouco. Quando entrei, parecia uma menina brincando de princesa. E era.

— Ana, o que é que você está fazendo aqui?!

Não resisti, falei com ela. É a primeira vez que lhe dirijo a palavra assim, diretamente. Mas, também, ela passou dos limites. Dos meus, quero dizer.

— Você não sabe? Pensei que fosse você que tinha armado isso tudo...

— Eu?! Eu não estava nem aí.

— Então fui eu mesma, desculpe. Sempre tive essa vontade de ser princesa, de morar numa torre. Brinquei muito disso com minha amiga, sabia? — espera uma resposta que não vem, porque eu estou só olhando para ela. — Foi isso, esse desejo — pavoneia-se.

— Acho que nem tinha torre nesse oásis. Eu é que quis.

— Só você?

— Bom, quer dizer, coincidiu. Tinha esse Sultão, que também desejava muito ter uma princesa numa torre. E uma porção de gente, eu acho, que achava que ficava bonito, para um oásis de miragem que nem esse, ter uma torre com uma princesa dentro, que nem essa. Combina, você não acha?

Eu não quero achar nada. Meu papel não é achar. Meu papel é ficar observando, anotando, escrevendo, sem me meter.

— E pronto. Agora ele vem me ver todas as noites. Não faço mais perguntas. Não que não esteja interessada. Mas tenho outros meios de saber das coisas.

Volto para o meu lugar, fico quieta, em silêncio, deixando Ana esquecer que estou ali. E espero. Espero até a noite chegar.

As cigarras aos poucos se calam, cedendo o silêncio para os grilos. Lá fora, os vaga-lumes voam tão baixo, que parecem lírios acendendo-se no escuro.

E a lua ainda não saiu, quando um pajem entra carregando um grande leque de plumas brancas, outro pajem entra portando uma espécie de baldaquim. E o Sultão, com suas babuchas de ouro e seu manto de prata, chega à sala da torre.

Os dois pajens saem correndo. Só o Sultão fica, com Ana.

Onde será que Ana aprendeu a receber, com tanta delicadeza, um Sultão numa sala de torre? Lá está ela, fazendo-lhe uma pequena mesura, ajeitando os coxins. Vira-se para uma mesinha, e serve chá de hortelã de um bule que — estarei enganada? — é igualzinho àqueles dos serviços de chá de mentirinha, quando a gente brinca de boneca. Mas o Sultão parece não se importar. Toma o chá segurando a alça pequena da pequena xícara, recosta-se, e diz:

— Então, onde foi mesmo que ficamos ontem?

— Estávamos no ponto em que o lobo vai engolir a vovó de Chapeuzinho.

— Ah! é isso mesmo, o lobo!

O Sultão ajeita-se ainda mais profundamente nos coxins. E Ana começa a contar como o lobo engoliu a vovó. E como, tendo feito a digestão, pôs-se a pensar na sua vida de comedor de gente, chegando à conclusão de que estava cansado do *menu*, e mais ainda da ferocidade. "No fundo", disse o lobo na história de Ana, "nasci para a arte". Nem para pintar, porém, nem para escrever,

nem muito menos para dançar. "Serei músico", estabeleceu. E, tendo decidido seu futuro, deixou a casa da vovó, tomando o caminho da cidade de Brêmen.

Noite adentro, Ana conta para o atento Sultão o encontro do lobo com os outros bichos, burro, gato e galo, o abrigar-se de todos na casa da floresta, a fuga dos ladrões que habitavam a casa. E a manhã já está bafejando o horizonte, quando Ana chega ao ponto em que todos os animais decidem esquecer Brêmen e ficar na casa da floresta para sempre. Todos, menos o gato. Que...

— A manhã já vem, Majestade. O galo, que não é o de Brêmen, canta. Amanhã eu conto o resto da história.

Um pajem entra correndo com seu grande leque. O outro pajem entra correndo com seu baldaquim.

— Até amanhã, Ana — diz o Sultão.

E sai com os dois pajens, batendo de leve sobre o mármore as babuchas douradas.

Passa-se um dia. A noite vem. E na exata hora em que as cigarras se calam, entram os pajens. Clap, clap, anunciam as babuchas a chegada do Sultão.

— Onde é mesmo que tínhamos ficado? — pergunta ele educadamente, depois de tomar seu chá.

— Ah, sim... Deixando os outros animais atrás de si, o gato saiu então pelo mundo. E estava ainda no começo do caminho do mundo, quando...

E, enquanto a lua aparece por trás das tamareiras, Ana conta como o gato foi achado por um velho moleiro e levado para o moinho. E como o moleiro veio a morrer, deixando o moinho para o primeiro filho, o burro para o segundo e o gato para o terceiro. Mas que gato! Um gato capaz de calçar botas, falar e transformar seu dono no rico Marquês de Carabás.

Os grilos há muito se calaram. E o dia amanhece, logo no ponto em que o jovem Marquês de Carabás caminha para o altar com a filha do Rei.

— Os gatos do oásis estão se espreguiçando, Majestade. É dia. Amanhã eu continuo a história.

— Está bem, Ana. Até amanhã. — As babuchas vão batendo sobre o mármore. — Mas não se esqueça de onde ficou — recomenda o Sultão antes de sair.

— Pode deixar, Majestade, conheço bem essa história — responde Ana.

E, mal acaba de falar, já está sozinha.

Na noite seguinte, a narração de Ana revela ao Sultão que, casado o Marquês com a filha do Rei, nasceu-lhes um lindo menino. E o menino da história de Ana vem a ser aquele mesmo que, em outra história bem mais antiga, planta um grão de feijão e quando o pé nasce sobe por ele até as nuvens. Mas, olhando pela janela atrás do Sultão, Ana, esta noite, mede suas palavras com cuidado maior que de costume. Quer acabar alguns momentos antes da chegada da manhã, para poder falar de outro assunto com seu ouvinte cativo. Então, antes que o galo cante, ela conta como o menino foge descendo pelo pé e como o Ogre que morava lá em cima vem correndo atrás dele e...

— Simpaticíssima Majestade, o galo no poleiro já está levantando a cabeça. Mas, antes que ele cante, queria lhe perguntar: será que não dava para esquecer aquele negócio do carrasco?

— Minha doce menina, você sabe que não posso. O carrasco está pronto, só esperando a hora em que você não tiver mais histórias para contar.

— Mas o senhor não deseja ver minha cabeça cortada, deseja?

— Eu não. Mas ele não pensa em outra coisa. Está com aquela roupa de execução, nova em folha, guardada há um tempão, com seu lindo capuz negro, o machado reluzente... Tem até um ajudante! E nunca, nunca carrasqueou ninguém... Seja compreensiva.

— Compreensiva... É fácil ser compreensivo com a cabeça dos outros.

— Entenda Ana, não é só ele. Fosse só ele, não tinha problema. Mas tem a mulher dele. A pobrezinha já avisou à família que o marido, finalmente, vai se exibir em praça pública. E o filho, imagine, o menino nunca viu o pai trabalhar, tem até vergonha dele na escola. E o ajudante. E os parentes do ajudante. Todos querendo a mesma coisa. É demais.

— Mas o senhor é o Sultão!

— Enquanto eles quiserem — diz o Sultão de si para si. E, mais alto: — Eu sei, eu sei, foi culpa minha — acrescentando logo, defensivo —, minha e do Conselho! Quisemos ter um carrasco só para impressionar aquele Emir visitante. E foi nisso que deu.

O galo canta lá fora. Um raio de sol entra na sala da torre, os dois pajens já entraram há algum tempo. O Sultão se levanta.

— Até amanhã, Ana.

— Eu não quero morrer!

— Eu sei — o Sultão vai saindo. — Mas seu desejo só é muito pouco.

Ana chora. Sem grande desespero, porém, sem grandes lágrimas. Pois ainda se lembra de uma porção de histórias, e sabe que pode emendá-las, noite após noite, para alegria do Sultão e tristeza do carrasco. Tem tempo pela frente. E, no tempo, tudo pode acontecer.

Noite seguinte, lá vai Ana com seu chá, retomar a história onde a havia deixado, do Ogre que vem descendo pelo pé de feijão e do menino que, chegando lá embaixo antes dele, corta o talo bem junto da raiz, e da lanterna que havia roubado do Ogre, e que ele esfrega, e da qual sai um...

Contando a seu modo aquilo que ouviu contar tantas vezes nos modos dos outros, Ana calça botas de sete léguas e, quase sem se dar conta, vai atravessando as noites. Até ter atravessado tantas, que uma manhã, saído o Sultão, percebe ter acabado seu estoque de ogres, fadas, madrinhas, príncipes e princesas. Como seca um rio, secou a memória de Ana. E, por mais que se esforce, não encontra dentro de si nem mais uma história para contar.

Desta vez Ana chora e chora, pensando no carrasco. Ensopa o cetim dos coxins. Quase ensopa o tapete. Chora tanto, que as lágrimas, como as histórias, secam dentro dela.

Exausta, ainda murmura: "O meu desejo vale. Vale sim". E adormece desejando, desejando com força, não ser mais princesa, não estar na torre, sair daquele oásis.

Ana dorme. No escuro do seu sono um vento começa a soprar. Sopra o vento, cada vez mais forte no sonho de Ana, agitando as ondas do deserto, engrossando as dunas. E o dorso das dunas está coberto de espuma vermelha como sangue, que sangue não é. São as flores de leandro, os hibiscos, as rosas todas que crescem nas paredes e nos muros do oásis, paredes e muros que o vento, o mar e a areia vão levando de roldão.

E, quando o vento amaina e o mar se aplaina, Ana acorda. Está sozinha, vestida com suas roupas, deitada na areia apenas ondulada. Sem nada, nada ao redor.

"Partiram todos?", se pergunta, "Ou será que adormeci no ônibus e sonhei?".

Ao longe, uma caravana se aproxima.

Ana espera um pouco, depois vai ao seu encontro. E, como havia feito o homem das cabras, levanta os braços, agita as mãos, fazendo sinal para que o primeiro cameleiro pare.

Com o gesto, uma flor de acácia se desprende dos seus cabelos, volteando lenta até o chão.

10
Mais cara que um camelo

Para o primeiro cameleiro, ao sinal de Ana. Para o segundo atrás dele. O terceiro para. Com chamados, gritos, e aquele estranho grunhido dos camelos, para, ondeante, toda a caravana.

Ana olha para cima. Seus olhos ardem. Vê apenas uma silhueta escura, recortada contra o sol. Do alto, ele a observa, menina sozinha no meio do deserto. E, sem que ela tenha dito nada, cutuca o pescoço do camelo com o pé, fazendo-o dobrar os joelhos. O homem agora está à altura de Ana.

Diante dela, dois olhos muito pretos. É só o que aparece daquele rosto. O resto, nariz, boca, testa, tudo está coberto por um pano azul, que se prolonga até a cabeça, enrolando-se em turbante.

Não são muita coisa dois olhos. Mas para quem está perdida no deserto, à procura de alguns peixes fujões, podem ser mais importantes que tudo. Dois olhos, e uma mão que se estende.

Pela mão do homem azul, Ana sobe atrás dele, no camelo. Que susto quando o bicho se levanta num tranco sacudido, como se fosse jogar seus condutores para o alto! Mas o medo de cair e ser deixada para trás prende Ana na sela mais que as mãos.

Um grito do homem, repetido de boca em boca. E, em meio a ruído de metais e couros se entrechocando, a caravana se põe novamente em marcha levando Ana.

Para onde será que vai? É a primeira pergunta que Ana se faz, depois de ter gasto o alívio por não estar mais sozinha. Para algum lugar, certamente, ela própria se responde. E continua seguindo o fio do seu pensamento. Caravanas partem, e caravanas chegam. De lugares. De aldeias, ou cidades. Até de oásis. Mas sempre de onde há outras pessoas, para comprar coisas, para alimentar os camelos, para receber os cameleiros e os viajantes. O raciocínio de Ana parece lógico, tranquilizador.

"Caravanas", diz ainda para si mesma, "são como aviões, levando gente e embrulhos e malas e coisas, só que pela areia. Mais seguras até que aviões. Além do mais, se os peixes foram a algum lugar, não ficaram andando a esmo no deserto. Seguiram certa-

mente as rotas das caravanas, e pararam ou passaram pelos mesmos lugares onde esta vai passar".

Pensado isso, Ana acaba por tranquilizar-se de vez. Sua alma recolhe os remos, deixa-se levar. Já que está no rumo certo, pode despreocupar-se.

E Ana começa a tomar posse do seu novo lugar, olhando para trás para contar os camelos, sorrindo para o outro cameleiro, estudando os desenhos na sela na qual está sentada, medindo as costas do cameleiro bem diante do seu nariz. Olha para os lados, alisa com o olhar os rastros que o vento deixou na areia. E porque seu pensamento está disponível, lembra-se de um mesmo gesto feito em outra ocasião, quando sua mão alisou os grãos finíssimos de uma praia e ela pensou que, se fosse menor, pequena como um tatuí, menor ainda, não acharia aqueles grãos nada finíssimos, acharia grossos, enormes, verdadeiras pedras entre as quais avançaria com dificuldade, escalando. A lembrança resvala, volta para perto, traz para Ana a recordação da sala da torre, tão presente na sua memória como se ainda estivesse entre as dunas, com seus mármores e suas sedas. E já tão distante como se as dunas a tivessem soterrado.

A partir deste ponto, o tempo começa a passar para Ana no ritmo das patas dos camelos. Sem pressa, ondulante, cheio de cintilações, igual a um tempo de mar. E será neste mesmo tempo que ela irá navegar em seus pensamentos esvaziados de qualquer urgência, enfileirando um dia atrás do outro, como uma caravana de dias, até o ponto de chegada.

Mas, entre cada dia, há a noite. E é quando o tempo no deserto muda, e as coisas acontecem.

Nada lhe dizia que a noite estava se anunciando, naquele primeiro dia de viagem. O sol ainda não tinha se posto, mal chegava ao horizonte. Mas para os caravaneiros tudo parecia muito evidente. Em plena marcha, a ordem é gritada, todos param, ajoelham-se os camelos, os homens descem, começa o trabalho de desmonte. Aquilo que era uma linha sinuosa, espécie de longa serpente avançando organizada, desdobra-se. Cargas, embrulhos, volumes, cestas, odres são retirados dos camelos. E nin-

guém diria que cada camelo pudesse carregar tanta coisa. Onde antes era silêncio, incha a algazarra. Tudo é rápido, porque a noite tem pressa de chegar. As pessoas correm. Cada um tem seus afazeres. Só Ana não tem nenhum, e se vê quase esquecida, parada no rodamoinho de gentes e sons, sem saber o que fazer.

Se ela não sabe, sabem os outros por ela. Quando a noite enfim abre sua manta escura, as fogueiras estão acesas diante das tendas de couro vermelho, um cheiro de comida se arrisca no ar, alguém tange as cordas de um instrumento.

Ana não havia sido esquecida. Com o corpo todo ondeante por dentro como se ainda estivesse no alto do camelo, se vê sentada diante das chamas, um prato de comida na mão, um cobertor de lã sobre os ombros. A noite é fria no deserto. O calor da areia dorme cedo.

Naquela primeira noite, Ana pouco olha, pouco ouve. Repara apenas que todos os homens estão velados de azul, e que sua pele, o pouco que dela se pode ver, é morena. Mas está tonta de sono, e adormece depressa debaixo da tenda, acariciando a maciez de um tapete e pensando que aquela ondulação toda deve ser da água do seu corpo, que ainda não se acalmou.

Acorda com uma tigela de leite — cabra? camela? melhor não pensar — na mão, enquanto a mesma agitação que montou o acampamento na noite anterior o desmonta. E, caravana em marcha, começa um novo dia.

Mas na segunda noite Ana já se sente em casa. Pode ajudar, carregar, puxar as cordas para armar a tenda. Pode buscar seu prato, pedir o cobertor, e começar a fazer perguntas.

Não todas as que gostaria. Porque ela está aprendendo a se controlar. E porque seu anfitrião não é do tipo falante. Parece até que não tem muito para contar, e nada a explicar. Mesmo com perguntas longas e respostas curtas, porém, uma certa amizade começa a se estabelecer entre os dois.

É por conta dessa amizade que, dali a algumas noites, Ana vai cair no seu velho vício, e se intrometer onde ninguém a chamou.

Armadas as tendas, comido tudo o que havia nos pratos, limpado o fundo dos pratos com um resto de pão chato como uma panqueca, há um bem-estar manso enroscando-se no acampamento. Conversas, um canto, rodas formadas por quem ainda não tem sono. E de uma dessas rodas um homem se levanta, vem sentar-se diante da fogueira de Ana, entre ela e seu anfitrião.

Os dois homens conversam numa língua que Ana não entende. Tomam vinho, riem. Gesticulam muito. Olham para ela uma vez, depois outra. E então parecem esquecê-la, entretidos que estão com suas próprias palavras.

É tarde quando o homem se vai. Mas a curiosidade manteve Ana acordada.

— O que é que ele estava conversando? — pergunta ao seu já quase amigo.

— Veio fazer negócio — responde ele sem encará-la.

— Que negócio?

— Negócio importante — diz o homem, reticente.

— Qual? — Ana insiste.

— Coisa de homem.

— Que coisa de homem é essa? — a curiosidade empurra Ana com mais força.

— Quer comprar você — entrega ele afinal.

Será um erro, ou seus olhos brilham divertidos, por trás das pestanas?

— Me comprar??!! — Ana está tão surpresa que se esquece de entrar em pânico.

— Ofereceu vinte camelos.

— Isso é muito? — pergunta Ana, que nunca antes tinha se avaliado em camelos. No fundo, mas nem tão no fundo assim, sente-se envaidecida.

O homem olha para ela com displicência: — Eu não dava — retruca.

Uma pausa. Curto silêncio entre os dois.

— E pra que quer me comprar? — volta Ana.

— Para casar você com o filho dele.

"Casar??!! O homem está louco! Eu não quero casar! Quero a minha mãe!", pensa Ana num susto. E grita: — Mas eu sou criança!

— O filho dele também é — rebate o homem com naturalidade.

— Compra agora, casa depois. Garante o negócio.

O medo começa a doer na garganta de Ana.

— Você não vai me vender, vai? — pergunta sem certeza de querer ouvir a resposta.
— É claro que não.
Ana já está se refestelando na gratidão, quando o homem azul acrescenta como se revelasse um segredo:
— Os camelos dele são muito magros.
Depois ri, ri, batendo com a mão na coxa.
Pobre Ana. E ela que se sentia a mascote da caravana!
Dessa noite em diante, não tem mais sossego. Todos os dias, antes da caravana sair, vai para junto dos camelos do homem, apalpar-lhes as canelas, verificar se estão engordando. E à noite, escondida, tenta tirar a pouca comida que lhes dão.
O que mais aumenta sua angústia é que não entende nada de camelos. Não tem a menor ideia de como seja um camelo gordo. Ou magro. Estuda-os, tentando descobrir quanta carne há por baixo daquele pelo que mais parece um tapete velho e esfrangalhado jogado sobre a pele áspera. Apalpa-os por desencargo de consciência, olha

para as corcovas, desconfiando de que ali está o segredo do peso. Mas continua cheia de incertezas. Apesar de tanta análise, a única coisa de que consegue se certificar é que camelo tem um cheiro brabo, que leva um tempão para sair das mãos.

Depois da conversa daquela noite, o homem azul nunca mais tocou no assunto. Teria dito a verdade? Ana não ousa perguntar. Observa-o quando vai beber nas fogueiras dos outros homens azuis, gesticulando e falando alto como fez aquela noite. O vê de vez em quando conversar com o dono dos camelos. Não o perde de vista. Mas em venda ou casamento nunca mais se falou. E Ana se consola calculando que, quanto mais a caravana anda, mais possibilidades existem dos camelos emagrecerem.

11
De vento em popa

Quanto andaram até chegar aos rochedos Ana não saberia dizer. Nem saberia dizer se são rochedos, propriamente, ou pedras, ou nem mesmo pedras. Parecem mais blocos de areia calcificada, claros e polidos como se tantos ventos tivessem gasto suas arestas, enormes seixos de rio depositados ali por águas que há muito se foram. Pois é à sombra dessas quase pedras, descobre Ana ao se aproximar, que se protegem as casas de uma aldeia.

Casas tão brancas e polidas quanto o resto, que com o resto às vezes se confundem. Casas que poderiam ser de qualquer outra aldeia, se diante de cada porta um homem não construísse um barco e uma mulher não tecesse redes.

"Para que barcos, no deserto?", gostaria Ana de perguntar e não pergunta, porque seu camelo já se põe de joelhos e o cameleiro desce ágil da sela, esquecendo-se de estender-lhe a mão.

Só eles apeiam. O resto da caravana continua parado, lançando sobre o chão sua sombra comprida e atada como uma corda. Cães ladram nas patas dos camelos. Das portas, os homens olham, parando por um instante seu trabalho, as mulheres levantam a cabeça, enquanto as mãos continuam conduzindo a naveta em gestos há muito decorados. Atrás das suas saias escondem-se crianças pequenas.

Os passos do homem azul parecem mais largos na claridade. Ele caminha para uma das casas, esvoaçando os panos da sua roupa, grande ave estranha nesse ninho. E Ana, que trota logo atrás, não saberia dizer o que é mais escuro, se ele ou sua sombra. Chega-se a um dos homens. Este pousa o facão com que trabalha.

O barco, agora Ana pode vê-lo de perto, não é grande. Tem um feitio diferente de todos os que ela viu antes, com arestas salientes dos lados, como breves asas, e na proa, lançando-se para fora, um espigão serrilhado feito bico de peixe-espada. A estrutura, que aparece no lado de dentro, deve ser de ossos, ou de alguma madeira muito dura — "mas onde conseguiriam madeira aqui?", matuta Ana, olhando aquela aridez onde apenas alguns magros cipós se enroscam feito serpentes na base das grandes pedras. Revestida de couros emendados encerados polidos engraxados, lembra um tambor, ou o ventre grávido de certos animais. Talvez por isso, como se fosse um gesto inevitável diante do visitante, o homem azul bate no lado do barco com a mão espalmada, arrancando um som seco e cavo.

O construtor de barco sorri, aprovando com a cabeça. Sorriem e aprovam todos os outros construtores, batendo com as mãos nos costados de seus barcos. E acompanhada por aquele estranho bater, começa entre eles e o homem azul uma conversa da qual, mais uma vez, Ana não compreende palavra.

Homem azul — O som é bom.

Construtor de barco — Tem que ser. Um barco é como um instrumento. Ou como um copo. Só presta se o som for direito.

Homem azul — Com um som desses, enfrenta qualquer água.

Construtor de barco — Há muita água no mundo. E deve haver água mais forte que os meus barcos. Mas eu nunca soube de nenhuma que pudesse com eles.

Uma mulher — E olhe que nossos barcos viajam no mundo todo.

Ana gira a cabeça, de um para o outro, como se olhando os rostos pudesse penetrar no que dizem. Mas conversa que a gente não entende é bola que quica longe, e logo some.

Homem azul — Quando eu era menino, cruzei um rio no barco que meu pai comprou dos teus pais. Era um rio de muita correnteza, mas meus pés chegaram secos do outro lado.

Construtor de barco — Meu pai era um grande construtor de barcos.

Homem azul — E meu pai sempre me contava da vez em que foi pescar com meu avô, no barco que ele comprou dos teus avós. O lago era verde e traiçoeiro, e meu pai nunca se esqueceu daquele barco.

Construtor de barco — Meu avô era um grande construtor de barcos.

Homem azul — E meu avô dizia que antes dele, e antes do pai dele, os barcos desta aldeia já eram famosos em toda a Terra do Sol Escaldante.

Construtor de barco — Já eram, há muito tempo.

Ana gostaria de dar uma volta, explorar um pouco a aldeia, mas não quer se afastar, não quer perder nem uma fala, como se pudesse guardá-las inteiras para decifrar mais tarde.

Homem azul — Sempre me perguntei como é que vocês sabem fazer barcos tão bons, nesse lugar tão sem água.

Construtor de barco — Eu aprendi com meu pai.

Outro construtor — Que aprendeu com o pai dele.

A mesma mulher — E para que água? Nós não fabricamos rios, nem mares. Para fazer barcos, basta saber fazer barcos.

O mesmo construtor — E isso fazemos melhor do que ninguém.

Falou-se em água. Mas ela não é sequer oferecida, apesar dos lábios secos. Água é preciosa demais nessa aldeia para se oferecer a visitantes. Lavam-se as mãos em leite de cabra — daquelas mesmas cabras cujo couro será um dia transformado em barcos — a fim de que estejam limpas na hora de fechar a venda. A conversa não demora. É fácil chegar a um acordo quando todos sabem o valor do que está sendo negociado.

E afinal, discutido e pago o preço, o homem azul faz um chamado, um cameleiro se aproxima, o barco é içado, atado junto à carga do camelo. Com ele, sobe uma rede.

Em breve, a caravana ondula, a marcha recomeça. Embora sabendo que jamais encontraria seus peixes por ali, Ana teria gostado de ficar um pouco mais, pelo menos o tempo de começar a entender alguma coisa daquela gente. E não só ela. Eu também, confesso, fiquei meio frustrada. Sempre vou de carona nas perguntas de Ana, para saber das coisas. E dessa vez, com ela calada, acabei ficando eu também no escuro. Que gente é aquela, e de onde vieram seus antepassados fazedores de barcos, nunca saberei. A visão deles, porém, vai comigo, como a rede, cheia de vazios. E me consolo pensando que um dia ainda apanho alguma coisa com ela.

Mas a parada naquela aldeia, só agora Ana se dá conta, não foi por acaso. Nem foi por acaso que chegaram até lá. No deserto, sem pontos de referência, todos os caminhos parecem retos. Quem poderia dizer, então, dos desvios traçados pelo caravaneiro para alcançar o lugar que há tantos anos estava em sua rota e comprar o barco dos seus desejos?

Tanta devoção intimida Ana, que só passado algum tempo ousa fazer sua pergunta.

— Pra que você quer um barco, no deserto?

— Porque se a viagem é longa, como saber quando vou precisar de um barco? E o deserto... o deserto é muito longo — o homem se cala por alguns minutos. Depois completa: — Mas nem ele dura para sempre — outra pausa. Mais baixo: — E um barco bem-feito é um tesouro em qualquer lugar.

— Mas pra que a rede, se aqui não se pesca? — Ana insiste, com uma ponta de angústia no coração. Não pelo desejo de também possuir um barco. Mas pela percepção de que algo, maior que o barco, lhe escapou.

— A rede é um presente — responde o homem azul, quase irritado porque Ana parece não entender o valor da sua compra. E irônico, voltando levemente a cabeça para ela: — Pra que um barco, sem rede?

12
De vento em vento

E ao longo do avançar da caravana, que prossegue aparentemente igual mas sempre diferente, há um momento em que uma tempestade de areia tem início.

Impossível marcar com precisão esse momento. Uma tempestade de areia pode começar com uma sensação entre os dentes, de ranger, ou de serrilha, os de cima subitamente estranhos aos de baixo, sem encontrar seu justo encaixe. Ou com um franzir quase dolorido das sobrancelhas, proteção instintiva dos olhos. Pode começar com um leve estremecimento no dorso das dunas, um arrepio, em que o contorno perde a nitidez, se encrespa, se desfaz. Mas a tempestade, a tempestade mesmo talvez só possa ser declarada quando a areia no ar já é tanta que encobre o sol.

Faz-se então um escuro quase claro. Escuro, porque os raios do sol não conseguem chegar até as pessoas. Claro, porque, tentando fazê-lo, eles se intrometem, se enfiam por entre os grãos de areia que volteiam, e giram com eles enrolando cada grão numa casca de sol, como se uma porção de minúsculos sóis rodassem em tantos rodamoinhos, fazendo sombra uns aos outros, com sua própria luz.

Pelo menos, são rodamoinhos o que Ana acredita ver, olhando aquela escura luz dourada, pela fresta do turbante com que o homem azul lhe protegeu cabeça e rosto.

"Que hora será?", pergunta-se várias vezes ao longo do primeiro dia de tempestade, um pouco por aflição, um pouco por brincadeira, sabendo pela fome que a manhã já passou ou que a tarde está adiantada, enquanto a luz, sempre igual, nada lhe responde.

No segundo dia, porém, foi-se o desejo de brincadeira. Ana não está mais interessada nas horas. "O que será pior, uma tempestade de areia ou uma tempestade de neve?", indaga-se. Porém, nunca tendo estado em uma tempestade de neve, é obrigada a deixar a questão em aberto.

É no terceiro dia, numa hora que pode ser qualquer uma, que Ana, olhando para o céu à procura de uma trégua, vê o dirigível.

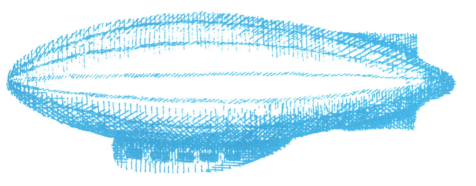

Como pode um dirigível flutuar tão sereno, enorme baleia prateada, em meio àquele galope de vento, ela não sabe. E muito menos sabe como pode ela, Ana, ver alguma coisa tão claramente, em meio àquela névoa amarela em que tudo se confunde.

No entanto, lá está, avançando lento e majestoso, como se estivesse parado. E nas janelinhas — Ana poderia jurar se alguém lhe exigisse juramento — um homem olha para baixo com uma espécie de luneta, e uma mulher, uma mulher vestida de cinza pálido, com um chapelão e uma pele de raposa ao redor dos ombros, acena com a mão enluvada de branco.

Que faz um dirigível sobrevoando uma tempestade de areia? Isso sim, Ana gostaria de saber. Pode ser parte do rali Paris-Dakar — em que mês é mesmo que ele acontece? Ou pode ser uma promoção publicitária — mas promovendo o quê? Ou alguém dando a volta ao mundo em 79 dias, só para quebrar o recorde daqueles famosos 80.

Em vão Ana chama seu companheiro de viagem. Com o barulho do vento, nada se ouve. E quando, depois de muito cutucá-lo, ele finalmente se volta, a tempestade recrudesceu, a areia se fez mais densa. O dirigível já não se vê. Não está, ou nunca esteve, acima de suas cabeças.

Será preciso mais um dia antes que o vento se canse e, como um velho cachorro, deite no chão e durma.

Mas, quando afinal se aquieta, o ar repentinamente limpo não entrega ao olhar de Ana a lisa imensidão do deserto. Diante dela, escura e inesperada, recortando seu desenho sobre o fundo claro, está uma cidade em ruínas. Na qual a caravana vai adentrando.

13
A cidade sem igual

— Por mil camelos! — exclama Ana, tentando, sem grande sucesso, falar como uma caravaneira. — Olha só o que a tempestade fez!
— Fez o quê? — pergunta o homem azul olhando ao redor.
— Como, o quê? Derrubou tudo, poxa!
Ri o homem. — Derrubou nada. Já estava assim há muito tempo.
E toca o camelo com sua varinha, naquele comando que Ana agora sabe até prever.
Neste ponto, vamos simplificar; cortamos a descrição toda que vocês já conhecem, de camelo parando, cameleiro apeando, Ana escorregando pela sela como se fosse um tobogã. E retomamos os dois, mais alguns cameleiros que também apearam, uma hora depois, lá adiante, no meio da cidade destruída.
Ana está trocando figurinhas com outras crianças. Figurinha é como eu chamo, para a gente se entender, mas eles certamente dão outro nome, porque também não são figurinhas como a gente usa. São umas rodelas chatas, de barro seco, menores que um pires e maiores que uma chapinha, com uns desenhos riscados e pintados de barro vermelho. Olhando por cima do ombro de Ana, dá para a gente ver: tem uma com um Sol, outra com um camelo, bonitas a da Lua e a de um rosto soprando, que deve ser o vento. Mas tem uma que os meninos não querem entregar de jeito nenhum, certamente a mais preciosa. É a de um cavalo negro.
Ana, que não tem figurinha nenhuma, troca por outras coisas, objetos pequenos que foi juntando ao longo da viagem, um anel de cobre com uma pedrinha verde que ganhou do Sultão, o botão de uma das suas babuchas que achou um dia depois que ele foi embora, três sementes de uma romã do oásis, uma pena de pássaro. São

objetos de muita tentação para as crianças, que nunca viram coisas semelhantes. Mas não suficientemente tentadores para serem trocados pela figurinha mais rara.

Ana e as crianças estão acocoradas numa escadaria, ou melhor, no que sobra de uma escadaria, que ainda sobe com alguma elegância entre os amontoados de tijolos e restos de paredes, para acabar de repente, a céu aberto. Porém não estão sozinhas. Ali mesmo, no meio daquela que talvez tenha sido uma sala, ou um templo, está erguida uma tenda. E diante da tenda, deitados sobre tapetes e almofadões, caravaneiros e homens do lugar fumam em longos cachimbos cor de rubi.

Não é a única tenda da cidade. Pelo contrário. Em cada ruína, em cada espaço deixado livre pelos minaretes meio caídos, pelas cúpulas carcomidas, pelos muros que vieram abaixo, a ondulação angulosa das tendas desenhou uma outra arquitetura. E uma terceira se desenha ainda mais aérea, porque no alto das tendas, entre as antenas de tevê, ondulam longas flâmulas coloridas, estandartes, bandeiras, galhardetes estampados com os desenhos do Sol, do camelo, da Lua e do vento. Nenhum, porém, traz o cavalo negro.

No alto da escada, brincam as crianças.

— Vocês moram aqui há muito tempo? — indaga Ana, voltando-se para o menino da figurinha da Lua.

— Desde a vida toda.

— E gostam? — continua Ana.

Ele dá de ombros sem responder.

— Eu gosto — responde no lugar dele, bem exibida, uma menininha.

— Tem que gostar? — pergunta o garoto do Sol. — Nunca ninguém me perguntou se eu gostava ou não.

— Minha mãe também gosta — vem de novo, petulante, a menininha. — Adora! Diz que é a cidade dela.

— Meio caída, né? — arrisca Ana. E acrescenta rápida: — Sem querer ofender.

— Você precisava ver antes — intervém um menino mais velho em tom orgulhoso. — Nenhuma cidade era mais bonita que esta.

— Você viu? — pergunta Ana, seduzida.

Todos riem, um finge que vai despencar do alto da escada, de tanto rir, a menina tapa as gargalhadas com a mão. Um dos homens, lá embaixo, vira a cabeça para ver o que está acontecendo, depois volta ao seu cachimbo.

Ana põe-se na defensiva. Mas aos poucos as risadas param.

— Isso foi há um tempão — diz o menino mais velho, com ar condescendente.

Garoto do Sol — Tempão, tempão.

Menina saliente — Acho que nem minha mãe viu.

— E como é que vocês sabem? — pergunta Ana.

Garoto do Sol — Todo mundo sabe.

As figurinhas estão quase esquecidas. O novo assunto tornou-se mais importante, e as crianças sentem, pelo interesse de Ana, que podem explorá-lo, valorizando-se.

Menino mais velho — Foi antes da Grande Batalha.

Todas as crianças viram-se para ele. Os olhos brilham. O menino faz uma pausa, olha em volta. Depois continua, falando sem pressa: — Os homens vieram de detrás das dunas do Norte. Montavam cavalos negros. E eram tantos, que não paravam de chegar.

Menino da Lua — Atacaram de noite.

Menino mais velho, dando-lhe uma cotovelada — De noite nada. Foi de dia — hesita, e logo conserta. — Mas tinha tanta lança e flecha voando, que parecia noite. Chegou a ficar escuro.

Garoto do Sol, entusiasmando-se — Não dava nem para ver as pessoas.

Menino mais velho — Muito menos os cavalos, que já eram negros mesmo.

Menina — Os olhos deles brilhavam, feito gato.

Menino da Lua — E a boca tinha aquele bafo...

Menina — Aí...

Menino mais velho, arrematando com tom de dono da história — Aí os cavaleiros do Norte destruíram tudo.

Outro menino — Tudinho.

Menino da Lua — Eram poderosos.

Menino mais velho, enfático — E tinham os cavalos.

Ana está fascinada. Tanto, que nem faz perguntas. Agora todos olham para ela, avaliando sua reação. A roda das crianças se apertou ao seu redor. O menino mais velho calou-se por um instante e já vai recomeçar a contar. Porém, justo naquele momento, quando a história estava ficando mais interessante, duas mulheres saem de dentro da tenda da ruína ao lado, e batem palmas, chamando as crianças para comer. Não há história que resista à hora do almoço. Todas descem, de roldão, levando Ana. E diante das travessas de ensopado fumegante a única pergunta que passa pela cabeça de Ana é: "Será que tem sobremesa?".

Depois de comer, as crianças recomeçam a brincar, cabritinhos soltos entre tendas e destroços. "Se tem escola aqui, deve ser tempo de férias", pensa Ana. E, enquanto descansa entre uma brincadeira e outra, aproveita para perguntar, sem muita esperança, se em algum momento, algum dia, viram por ali algum peixe.

— Peixe? — responde o mais velho como se fosse a coisa mais natural do mundo. Pega Ana por uma mão, e seguido pelos outros vai rebocando-a através daquilo que deve ter sido uma sala, atravessa com ela um corredor, chega a um antigo pátio. E calmamente se abaixa, começando a cavar na areia. Não parece encontrar nada, cava mais adiante, logo imitado pelas outras crianças.

Ana já acha que estão debochando dela, quando um menino grita chamando os outros, todos correm e, entre os dedos e a areia revirada, Ana vê estremecer, para seu absoluto espanto, um pálido peixe.

Debate-se, o pobre, querendo fugir. Seus olhos não foram feitos para a luz. Seu corpo não foi feito para o sol. De cócoras, Ana tenta examinar aquela coisa viva que corcoveia, lutando para escapar à ameaça, como se lutasse por ar. E que não emite som. Uma pele da exata cor da areia, parecendo ter escamas, mas que escamas não tem. Um feitio parecendo de peixe, mas que de peixe não é. Minúsculas patas no lugar das barbatanas. Uma tosca ponta no lugar do rabo espalmado. Pode ser um primo de peixe. Ou um parente de lagartixa. Ou um cruzamento dos dois. Que não quenta ao sol. Mas se esgueira debaixo da areia, no escuro, como se nadasse. Um peixe do deserto. Talvez descendente de peixes de verdade, que foram ficando quando as antigas, antiquíssimas águas secaram.

Não é o peixe que Ana procura, não é o que pode lhe devolver a conta perdida.

"Ainda não foi desta vez", pensa ela, olhando o estranho animal que some afinal na areia. E, dando de ombros para sacudir a decepção, começa novamente a brincar com as crianças.

Como brinca! Brinca de pique nas ruínas, de pular carniça nas ruínas, de mapa do tesouro nas ruínas, de pegar, de escalar, de esconder nas ruínas. E brinca dentro das tendas. Brinca sobre tapetes e sobre restos de azulejos. Brinca atrás de cortinas e atrás de paredes. Brinca com tudo com que se pode brincar. Aprende brincadeiras que não sabia. E ensina algumas das tantas que sempre soube.

Ana tem a impressão de estar brincando mais do que jamais brincou, a sensação de estar só brincando, como se alguém tivesse esquecido aberta a torneira da brincadeira. E corre, senta, ri, conversa, pula. Quase nem se lembra do homem azul ou da caravana. E não está certamente pensando nele quando, em meio a uma brincadeira de pegar, é a sua sombra escura que lhe atravessa o caminho, e são seus braços que a pegam.

— Vamos, Ana, está na hora de viajar.
— Já?
— Já. Faz muito tempo que chegamos.
— Que nada. Ainda nem é de noite!
— Não é noite, porque o tempo aqui é outro. Mas já passaram muitos dias.
— Dias?! Você está brincando!
— Eu não. Quem estava brincando é você — faz uma pausa. — Estou falando sério. Viu as ampulhetas, nas tendas? — pergunta o homem, enquanto andam.

Ampulheta, essa palavra ela já ouviu. Não tem certeza do que seja, mas sabe que conhece. Na tenda de um dos meninos tinha uma coisa com o maior jeito de ampulheta. Ana não pode garantir, mas também não quer passar por burra, então se arrisca.

— Uma coisa... assim de vidro... — faz uma pausa olhando para a cara dele para ver se está errando. E, como o desmentido não vem, continua: — ... feito duas bolhas empilhadas — espera mais, sem querer se comprometer. — E um fiozinho de areia.

— É isso aí. Uma ampulheta.

— Eu sei o que é uma ampulheta! — interrompe Ana quase ofendida, fingindo uma segurança que não tinha.

— É feito um relógio. Quando a areia de cima acaba, a gente vira ela — continua o homem, sem ligar para a interrupção.

— Vira nada! Eu vi a mulher jogando areia nela quando ia acabando. Jogou por cima, com uma colher de prata, igual se joga pó de café no coador.

O homem sorri. Levanta Ana para depositá-la no camelo. A caravana, já pronta, só esperava por eles.

— É por isso, Ana, que aqui o tempo quase não passa — diz o homem azul. — A areia sai por baixo, confunde-se com o deserto. E eles vão botando mais por cima — o homem sobe na sela. — Enquanto ninguém vira a ampulheta, a noite não chega.

Ana ajeita-se no alto do camelo. Meio que suspira, meio que relaxa, amansando o corpo depois de tanta brincadeira. Como o marinheiro que retorna ao navio, sente ao mesmo tempo uma tristeza fina pelo que deixa para trás, e a paz de reencontrar aquilo que tão bem conhece.

Assim que a caravana retoma a invisível estrada do deserto, o tempo volta ao seu passo normal. "Uma noite estrelada, que coisa bonita", pensa Ana, olhando para o alto.

Mas olhar estrelas não é ocupação para a noite toda. Não para ela.

— Pena que esta cidade não tinha nenhum riachinho — diz Ana dali a pouco para a pequena parede azul que são as costas do companheiro à sua frente. — A gente podia ter testado o barco.

Silêncio.

Só depois de alguns minutos, a resposta: — Esse barco não precisa de teste.

Ana espera um pouco antes de voltar ao ataque. — Será que tinha água antigamente? — insiste.

Silêncio.

— Era bonita mesmo?

Silêncio.

— Era?

Afinal ele responde: — Dizem que era, antes do Grande Terremoto.

— Terremoto??!!

— É raro. Mas acontece — o homem, que não assistiu a conversa das crianças, não pode entender a verdadeira razão da surpresa de Ana. E ela acha mais conveniente esconder que a fizeram de boba. Demora para perguntar:

— Por que não reconstruíram ela igualzinha?

— Porque na hora não tinham com quê. E passado algum tempo se esqueceram de como ela havia sido.

— Então, por que não fizeram de outro jeito?

— Porque era tão linda antes, que nenhum outro jeito servia.

Silêncio. Agora é Ana que se cala, pensativa. Até perguntar: — E eles não vão querer ir embora?

— Não — o homem fala baixinho, mais para si que para Ana. — Ficam ali, nas tendas, como se fossem partir a qualquer hora. Mas não vão — uma pausa. — Não há nenhum lugar no mundo seu como aquele.

Ana pensa nas mulheres, com suas colheres de prata. E um frio lhe beija o cangote. Talvez seja a madrugada, que vem vindo.

14
O que os olhos não veem

É nisso que ela está pensando, molemente sacudida pela marcha sob o sol, quando algumas tardes depois um súbito estremecer percorre a caravana, os homens se ajeitam sobre as selas, alguns apontam, todos falam ao mesmo tempo.

Ana olha na direção para a qual se voltam as cabeças e, ao longe, numa espécie de remanso, um vale entre as grandes ondas de areia, distingue pessoas, mulheres, homens, crianças, que andam e que conversam. E, à medida que a caravana se aproxima, vê, para seu completo espanto, uma jovem que caminha no ar e homens suspensos alguns metros acima do chão, braços estendidos para o alto, gesticulando.

Uma ordem é lançada pelo primeiro cameleiro naquela língua rascante que Ana continua não entendendo. Ricocheteia de garganta em garganta, até percorrer toda a caravana, que estride, sacode-se em breve trote, descompondo sua linha ordenada, e para. Entre chamados e blaterar de camelos, os caravaneiros apeiam.

Ana já se acostumou à sensação de estar com os pés afundados na areia e com a cabeça ainda navegante. Toda noite, depois que desce do camelo, continua ondulando por dentro, mesmo debaixo da tenda vermelha. Mas agora, depois dos primeiros passos, sentindo-se banhada de frescor embora debaixo do sol escaldante, e invadida pelo perfume de jasmins que não existem, Ana tem a impressão de que, junto com o corpo, ondeia seu pensamento.

Vêm as mulheres receber os caravaneiros. Entornam cântaros vazios sobre suas mãos estendidas, oferecem cestos vazios que aqueles vasculham com olhar guloso. Algumas estendem tapetes, ali mesmo, debaixo daquele sol misteriosamente fresco, para que eles deitem.

Alguma coisa estranha está acontecendo. Ana sabe disso. Mas que coisa é essa? Gostaria de também estender as mãos, vasculhar nos cestos, participar. Porém não ousa entrar num jogo cujas regras desconhece. Então, cola-se nos calcanhares do seu cameleiro, que está colado nos calcanhares de um rapaz. E assim em fila vão seguindo os três.

Por que este farfalhar, se não há nenhuma árvore? Por que esse macio espetar debaixo dos pés, se é tudo areia? Por que essa mulher que vem descendo do alto do nada como quem desce escada, se não há escada alguma? Ana não quer fazer-se essas perguntas perturbadoras, para as quais não tem respostas, mas não pode evitá-las.

A mulher que havia descido do nada dirige-se sorridente para o cameleiro. Este abaixa a cabeça, levanta o pé, e inclina o corpo como se entrasse em algum lugar. Ana dá mais um passo querendo segui-lo. E, pam!!! o pé estremece na topada. Topada em quê, se não há nada diante dela? Cambaleia, saltando sobre o pé intocado. E, pam!!! as costas se encurvam na pancada. Pancada onde, se nada vê daquele lado? Vira-se procurando, e desta vez, pam!!! é o cotovelo que esbarra numa superfície dura, inexistente como tudo.

Sem coragem de se mexer, sem coragem de ficar parada. Ana se deixa cair sentada no chão.

Só então o cameleiro parece perceber sua aflição. E, como naquele primeiro dia, estende-lhe a mão.

Dois olhos escuros, uma mão estendida, que mais pode querer Ana?

— Quero saber o que está acontecendo! — suplica Ana, encarando aqueles olhos.

Mas o homem azul não responde, e, apesar de irritada, ela acha mais prudente segurar sua mão. Que a puxa devagar, fazendo-a levantar e guiando-a atrás de si. Pisando bem onde ele pisa, Ana avança mais alguns passos. É ainda mais fresco, aqui. E silencioso. O homem para, Ana quase tropeça na ponta do seu manto. Ele senta-se no chão diante de uma toalha estendida, cruzando as pernas. Ana o imita. E a mulher que havia descido a escada chega agora, precedida por cheiro de comida, trazendo suas grandes terrinas nas mãos. Vazias, porém, como Ana verifica com grande desapontamento quando as terrinas são colocadas à sua frente. Assim como estão vazios os copos que ela traz andando devagar, quase temesse entorná-los. E como está vazio o pano amarrado pelas quatro pontas, que a mulher desfaz cuidadosa, e que Ana havia esperado contivesse alguma fruta.

É demais para Ana, cansada e faminta. Já se dispõe a chorar quando é surpreendida pelo gesto do seu companheiro, que tira do rosto o véu azul, estende a mão para a terrina e a traz de volta à boca, começando a mastigar.

— Que é isso que você está fazendo?

Desta vez a voz dela contém tanta ansiedade que o homem para de mastigar, e responde.

— Comendo. Você não está com fome?

— Fome de quê?! — grita chorosa.

O homem azul pega a mão de Ana e a leva até o pano aberto sobre o chão. Mas o que a mão encontra não é a aspereza do tecido. Debaixo da palma de Ana há uma superfície redonda, pouco maior que a mão, do tamanho que teria, talvez, uma laranja. De laranja é a lisura quase oleosa daquela superfície. De laranja é a textura em que a unha de Ana, testando, afunda de leve. De laranja é o perfume que, ferida a casca, se solta no ar.

Ana aproxima do rosto a laranja que não vê. O perfume se faz mais intenso. Uma leve ardência queima os lábios que ela passa sobre a casca arranhada. Ana estende a mão esquerda para o pano, tateia outra forma redonda, mais outra, junto desta. Havia três laranjas no pano aberto. Sem que nenhuma se visse. Que mais haverá ao redor, que Ana não vê?

— Tamareiras, figueiras, casas, pássaros e lagartos. Como em qualquer oásis — diz o homem azul. — Esta é uma antimiragem.

— Para nós, melhor que aquilo que se vê e não existe — explica a mulher — é aquilo que existe e que, às vezes, não se vê.

— Como "às vezes"?! — Ana está indignada. — Eu não vejo nunca.

— Você só olha com os olhos! — agora quem está indignada é a mulher, como se Ana estivesse desfazendo do seu mundo.

— Seu nariz, sua mão, sua língua estão vendo a laranja melhor que você — diz o homem azul.

Ana fecha os olhos. Acaricia o rosto com a laranja, passa-a de uma mão a outra. Pega mais uma no pano. Brinca um pouco com as duas. De olhos fechados, nem dá para perceber que as coisas são invisíveis.

— Mas eu só sei andar de olhos abertos — protesta Ana, levantando as pálpebras.

Ri o homem azul. A mulher ri.

— Nós também — diz ele.

Ana se levanta. Dá alguns passos, hesitante, braços estendidos à frente, corpo meio jogado para trás, protegendo-se de um possível esbarrão. De olhos abertos, anda como se fosse cega. Até dar com os dedos na parede. Então volta, torna a sentar-se. Agora sabe que está dentro de uma casa.

E num estalo se dá conta de que veio até ali pisando em grama, debaixo das árvores, entre jasmineiros em flor. Parte por parte, começa a "ver" aquilo que não enxerga.

— E o que é que estavam fazendo aqueles homens em pé? — pergunta de sopetão. Isso ainda não consegue "ver".

— Que homens?

— Aqueles parados no alto, no ar, onde a gente chegou.

— Ah! aqueles! Estavam colhendo laranjas... os pés estão carregados.

— Estas laranjas — Ana joga para o alto a laranja invisível que apanhou à sua frente. Consegue apanhá-la no ar, sorri satisfeita. — Eles estavam no alto de escadas. É isso?

— Claro. Que foi que você pensou, que estavam voando?

A ideia agora parece tão absurda que os três riem.

Assim, começando pelos móveis da casa, que tateia, pela procura da porta que só acena na quarta tentativa, e pelo arranhão do gato em cujo rabo pisa, Ana vai aprendendo um novo jeito de ver.

Tudo bem com os cheiros. O nariz enxerga longe. Já com as cores é mais difícil. Como principiante que é, Ana vai pela memória e pela imaginação. Se ouve um farfalhar, pensa verde. Se bebe gosto de leite, pensa branco. Mas os outros, os habitantes deste oásis, há muito acostumados, garantem que sentem as cores pelo tato, como uma vibração ou um calor.

"Um dia", pensa Ana, "chego lá".

Mas, sem que Ana possa prever, o dia que vai chegar é outro.

Antes porém, quando esse outro dia aonde nós também vamos chegar ainda está a caminho, Ana, que não perdeu as esperanças, pede a uma das crianças que a leve até à fonte do oásis.

Não tem cheiro, a água. Nem farfalha ou cascateia, quando está parada. Mas, mesmo parada, pode-se ouvi-la estremecer de leve se roçada pela asa de uma libélula ou invadida por uma folha que cai. Foi por isso que, debruçada sobre seus sons e seu pequeníssimo mover-se, Ana conseguiu ver um olho-d'água bem maior que qualquer olho. E muito mais transparente que qualquer fonte, porque nada é mais transparente do que aquilo que não se vê.

"Se meus peixes estivessem aqui, esses sim, eu veria", pensa ela, que a esta altura já considera seus os peixes que nunca encontrou.

E ri, pensando ainda que, se eles estivessem nessa água, pareceriam verdadeiros peixes voadores, agitando os rabos e movendo as barbatanas em pleno ar.

Porém, se aqui tinham estado, daqui tinham se ido, sem deixar rastro ou lembrança. E desta maneira, sem os peixes e perguntando-se quando a caravana partiria, Ana acabou dando de frente com aquele tal dia que vinha vindo.

Um dia igualzinho aos outros, que começa pela manhã como cabe aos dias. E em que ela vagabundeia pelo oásis tentando levar adiante seu aprendizado, mas dizendo a si mesma que apesar de tudo a sombra é bem mais fresca quando a vemos desenhar-se sobre o chão, e as frutas são mais saborosas quando as vemos nas árvores ou no prato e, antes mesmo da boca, o corpo todo se dispõe a comê-las. Um dia que, tão sem novidades até então, muda ao entardecer, quando uma bola de poeira surge no horizonte, cresce aproximando-se. E chega com um ronco, no oásis subitamente em corre-corre.

"Os caçadores de escravos!", pensa Ana, catastrófica como sempre, procurando um lugar para se esconder, e percebendo, num instante de pavor, que é impossível esconder-se no invisível.

15
Um salto rumo às estrelas

A nuvem freia. Há um burburinho de falas e gritos. E Ana percebe que não era da nuvem que as pessoas estavam correndo. Era ao encontro dela. Ao encontro desse novelo de areia que aos poucos se desfaz, entregando aos sorrisos de homens, mulheres e crianças três jipes, um ônibus e uma moto.

— Os caçadores de talentos! — exclama uma mocinha em êxtase ao lado de Ana.

— Deixa de ser besta — atalha a outra, dando-lhe um esbarrãozinho. — Só querem figurantes.

Saltam os ocupantes dos jipes, mais duas moças que vinham no ônibus e o motoqueiro, que se livra do capacete. Todos falam ao mesmo tempo, batem com as mãos na roupa para tirar a areia, agitam papeletas. E vão andando entre as pessoas, pegam uma e outra pelo braço, viram para cima o rosto de uma menina para olhá-lo melhor, afastam as crianças que pulam ao seu redor como cachorrinhos, examinam as roupas. E destampam garrafas e abrem latas e bebem bebem como se naqueles jipes houvesse mais água que em todo o deserto.

Ana não sabe o que pensar. Colhe um pedaço de conversa, depois outro, pergunta à vizinha, parece que essa gente já veio aqui outra vez, estão fazendo um filme, muita gente do oásis já foi nas filmagens.

Ana está justamente se perguntando se é melhor ser escolhida ou não e respondendo a si mesma que sim, é claro, melhor é estar entre os eleitos, quando um dos homens vem na sua direção. Mas, apesar do entusiasmo que Ana se esforça para tornar evidente, ele passa sem sequer olhá-la. E tampouco a olham a moça de cabelo amarrado com um lenço ou o motoqueiro que estão com o homem.

"Será que não vão me escolher?", pergunta-se Ana, pouco acostumada a ser ignorada.

O pessoal do cinema — afinal, que filme é esse? — separa dois grupos, homens, mulheres, um grupo menor de crianças. As pessoas começam a entrar no ônibus.

E, vendo que não vai mesmo ser escolhida, Ana decide escolher. Junta-se sorrateira ao grupo das crianças, abaixa a cabeça, encolhe-se toda. Confundida com aqueles meninos e meninas barulhentos, Ana entra no ônibus, afunda-se num assento. E em pouco tempo, entre ronco e pó, lá vai ela, rumo ao estrelato.

16
A ação imprevista

O ônibus para. Ana salta com os outros.

Agora Ana já está entrando num enorme galpão. Nesse lugar onde ela chegou não tem só o galpão. Dá para perceber outras construções. Mais baixas, me parece, casas ou escritórios, e uma torre daquelas que no alto têm caixas-d'água. Não tenho certeza dessas coisas nem dos canteiros um tanto áridos diante das construções, ou do coqueiral ao fundo, porque não é isso que nos interessa. O que nos interessa, é que Ana, junto com os outros, entra no galpão. E que este galpão, disso sim tenho certeza, é um estúdio de cinema.

Galpão meio cinzento por fora, meio maltratado. Mas por dentro, como Ana descobre ao cruzar a porta, um mercado persa claro e barulhento.

Ana não consegue parar de sorrir de admiração. Um alto muro branco. Palmeiras tão verdes e brilhantes que provavelmente não são palmeiras de verdade. Uma praça com uma fonte no meio, água jorrando do repuxo. Em volta da praça, arcadas, e debaixo das arcadas, lojas e mais lojas. Tem a loja do vendedor de tapetes, a do vendedor de animais, uma espécie de farmácia cheia de potinhos coloridos, uma outra que vende objetos de co-

bre, lojas de vidros, de frutas, de joias, lojas de tecidos, lojas de roupas bordadas.

É tão lindo que Ana compraria em cada uma, se apenas tivesse dinheiro, ou se as coisas estivessem mesmo à venda. Mas as pessoas, as pessoas todas que enchem a praça como uma multidão, não parecem interessadas. Fumam, conversam, comem biscoitos. Sentadas no chão, encostadas às paredes, não têm os gestos que delas se esperaria. O dono da loja de animais sequer olha para o enorme gato cinzento, de longo pelo, que trancado numa gaiola, mia de fome ou sede ou desejo de sair. Nem se abala o beduíno quando, num estranho gemido gutural, o camelo que ele conduz por uma corda ameaça vomitar na cabeça de Ana. Os fazedores de comida não fazem comida, os malabaristas não malabarizam, os vendedores não vendem, ninguém anda.

Até que uma ordem cala todas as conversas.

— Luzes!! — grita alguém através de um megafone.

Uma claridade intensa e branca, de muitos sóis, uma claridade quase de relâmpago, calcina a praça. Imediatamente, as sombras assumem seus lugares debaixo dos toldos, debaixo dos olhos das pessoas, nas pregas das roupas, nas quinas e cantos, marcando a dura fronteira com a luz.

Ana está ainda assimilando a surpresa quando outra ordem vem juntar-se à primeira.

— Cigarras!!!

E dezenas de cigarras invisíveis despejam sua cantoria do alto das palmeiras, dos beirais dos telhados. Em meio ao cantar, chega a terceira ordem.

— Ação!!!

E agora sim, apagados os cigarros, engolidos os biscoitos, todos se movem, todos fazem os gestos esperados. Os malabaristas jogam para o alto seus aros coloridos, os vendedores de tapetes desenrolam sua mercadoria, o beduíno atravessa a praça com o camelo quase pisando no rapaz que vem com quatro cães brancos na coleira, a moça compra figos, o homem cospe fogo, o moço amola facas, a velha mede fitas, o velho vende velas, o farmacêutico pesa um pó preto com pesos de prata, e até o vendedor de animais volta-se para o gato, alisando-lhe a cabeça por entre as barras da gaiola.

Ana hesita: deve aceitar as roscas luzidias de mel que o gordo e luzidio doceiro lhe oferece? Mas, sem perceber, ela andou acompanhando o doceiro, e ao levantar o rosto se vê, de repente, numa espécie de largo, apinhado de gente. Ali ninguém anda. Todos olham fascinados. Em cima de um grande estrado, um rapaz de torso nu está ajoelhado, as mãos amarradas para trás, a cabeça caída para a frente. E atrás dele um homem enorme, de cabeça raspada de onde jorra um longo rabo de cavalo, levanta com as duas mãos a cimitarra.

É impressão de Ana, ou a luz parece mais esverdeada?

Um grito comanda: Corta!

Ana fecha os olhos. Tem nojo de sangue, não quer ver a cabeça rolar.

Mas as cigarras se calam, há um burburinho, um agitar-se e, devagar, ela abre uma fresta nas pálpebras para dar uma espiadinha.

Para sua surpresa, a cabeça do rapaz não rolou. Muito pelo contrário. Bem plantada no pescoço, está virada para o carrasco, e os dois conversam amigavelmente, enquanto a cimitarra, com a ponta cravada no chão, serve de apoio para o cotovelo do dono.

— Ação! — comanda-se novamente no estúdio. E as cigarras cantam. A luz calcina. A multidão olha. A cabeça se dobra. A cimitarra sobe. Ana se encolhe.

Mas, antes que ela tenha tempo de sequer tornar a fechar os olhos, um barulho de cascos se sobrepõe ao cantar das cigarras, e um tropel de cavaleiros irrompe na praça.

Gritam os cavaleiros agitando rifles e cimitarras. Gritam as pessoas correndo desabaladas. Um toldo vem abaixo, frutas rolam pelo chão. Um golpe decepa o gargalo de um odre, o vinho jorra ensanguentando o lajedo. Ana não sabe se foge ou se se esconde, e uma pergunta martela sua cabeça junto com o susto: "Isso faz parte do filme?".

Sem que Ana perceba, um cavaleiro vem a galope por trás dela. Debruça-se da sela, passa-lhe o braço pela cintura. O gesto é rápido. Quando Ana sente o braço do homem, seus pés já não estão mais tocando o chão. Ana foi raptada.

17
Era uma vez o oeste

"Será sangue de verdade, ou de mentira, este que mancha a roupa do homem?", pergunta-se Ana enquanto o tropel galopa por entre rochedos e raros arbustos. O cheiro do homem, áspero como o das cabras, só pode ser de verdade. Como de verdade é a fala, igualmente áspera, com que os cavaleiros se comunicam em breves frases. Do mais, Ana nada sabe.

Uma lua no céu, fina. Um vento no rosto de Ana, frio. E o bater dos cascos ferrados.

A lua empalidece. O vento amaina. Mas os cascos continuam batendo.

E o dia inaugura sua primeira luz, quando os cavaleiros com seu refém chegam a uma cidadezinha.

Nem bem cidade. Uma rua larga de terra, pequenos prédios de madeira dos dois lados. Talvez duas ou três ruazinhas laterais. E uma igreja em alguma parte.

É na rua de terra que o tropel para, diante de um prédio que tem escrito no alto *Saloon*. Os homens apeiam, amarram os cavalos. Três mulheres, de chapéu preso com laçarote debaixo do queixo, olham enviesadas do outro lado da rua. Um velho, sentado numa cadeira de balanço diante da barbearia, corta com canivete um toquinho de pau, e levanta apenas a cabeça. O cocheiro da diligência parada mais adiante nem se move. Os homens riem alto. Entram no *saloon* batendo com força nas portinhas de vaivém. Chega de lá dentro a música de um piano, o barulho de muitas vozes.

Ninguém parece lembrar-se de Ana.

"Por que me trouxeram então?", pergunta-se ela, logo pensando que talvez seu papel não passasse disso, refém enquanto necessária, e depois mais nada.

Bem contente com o esquecimento, vai se afastando devagar, ar falsamente distraído, sem querer chamar a atenção.

Passa pelos cavalos. Passa por uma tabacaria, com um grande índio de madeira diante da porta. Vê o ferreiro mergulhar dentro de uma tina a ferradura em brasa. E vê adiante uma espécie de loja, toda azulejada, uma peixaria talvez.

Uma peixaria?! O desejo de Ana parece correr para lá, muito antes de suas pernas. Mas Ana atravessa a rua lentamente, não fosse, logo agora, despertar as suspeitas de alguém.

A frente aberta, uma espécie de hall. Um guichê. Não é uma peixaria. Isso Ana percebe logo ao entrar, até mesmo pelo cheiro. Demora, porém, mais alguns segundos para dar-se conta do que é. Uma estação de metrô.

"É a minha chance de voltar para casa!", pensa Ana, quase surpresa de ter pensado nisso.

Mas com o pensamento, o desejo de voltar, de dormir na própria cama, de largar os sapatos no chão do próprio quarto, o desejo de aninhar-se no seu mundo lhe sobe de dentro, do estômago, das tripas, dos pulmões, de um lugar qualquer do corpo onde tinha estado escondido até então e de onde agora, nesse exato momento, transborda garganta acima, invadindo a cabeça e expulsando todos os outros desejos.

Aproxima-se do guichê já metendo a mão no bolso. E, ao mesmo tempo que se lembra de não ter trazido dinheiro algum, percebe que atrás do vidro não há ninguém, e colado no vidro há um bilhete, "Saí para o cafezinho", e uma faixa, "HOJE, PROMOÇÃO TOTAL". Os bilhetes estão ali, ao alcance. Ana pega um. Estranho: o bilhete não é durinho como os de metrô. É de papel azul, mole, igual a uma entrada de cinema. O sinal toca na estação, não há tempo para hesitações. Ana sai correndo, passa pela roleta, voa escada abaixo. Na plataforma, o trem vem chegando. Ela pula no vagão na hora exata em que a porta vai fechar. A porta fecha-se. Ana solta o ar todo que se atropela no peito. O trem deixa a estação e enfia-se no escuro.

18

De volta ao começo

O vagão sacode. Que sono! Apesar de ter passado a noite em claro na longa cavalgada, Ana recusa-se a dormir. Sabe lá para onde vai este metrô? Sabe lá para onde pode levá-la se fechar os olhos? E como saber, dormindo, em que estação saltar?

Não há mais ninguém no vagão. Só ela. Sacode, sacode. O vagão é mal iluminado. Lá fora a escuridão é total. Olhando pela janela só consegue ver seu rosto refletido no vidro. "Vai demorar", pensa Ana, "estive em tantos lugares...".

Mas, contrariando sua expectativa, depois de algum ferralhar, o metrô para de um tranco numa estação vazia. Ninguém na plataforma. Ninguém saltando dos outros vagões. *Estação da Tumba*, está escrito em mosaico na parede de azulejos. E adiante, num enorme cartaz, uma mulher igualzinha à rainha de branco bebe um refrigerante, o belo perfil debruçado sobre o canudinho. Ana salta. Dá dois passos à frente e para olhando ao redor, enquanto os vagões fecham as portas, o apito toca e o trem parte novamente.

Ana segue a seta de saída. Vai indo pelos corredores, atravessa uma roleta. E, depois de andar mais um pouco, lá está ela na rampa. A mesma rampa que ela já subiu, que dá para os degraus que dão para a passagem que dá para a sala toda pintada, a sala da rainha.

"Até que enfim um lugar familiar", suspira Ana, aliviada, como se visse o portão de casa.

A luz continua acesa. E ela entra já sorridente, pronta para abraçar os amigos e contar suas aventuras.

Mas o Baixinho e o Alto não estão, sumiu o banquinho, foram-se os potinhos. Em seu lugar, um grupo de turistas barulhentos perambula entre as colunas. Uma loura sardenta, certamente a guia, agita ao alto um guarda-chuva aberto, tentando chamar a atenção do seu rebanho. O rebanho nem liga. Alguns leem um livrinho azul. Uma mulher examina o salto do sapato que quebrou. Vários tiram retratos num espoucar de *flashes*. Todos parecem falar ao mesmo tempo.

"Como são barulhentos!", pensa Ana, lembrando do seu amigo Alto. E, vendo um casal rabiscar furtivamente seus nomes na parede, acrescenta pensando no Baixinho: "E tão metidos!".

"Onde andarão os dois, em sua busca de sossego?", indaga-se Ana. "Pelo menos, eles podem procurar", e olha para a pobre Rainha presa à parede, obrigada a ficar naquela algazarra, ela que durante tantos séculos havia habitado o silêncio.

O sarcófago continua no mesmo lugar. Faz tanto tempo já que Ana esteve aqui, mas olhando a bela pedra imponente torna a sentir aquele friozinho percorrer-lhe as costas, se lembra do medo que teve da escuridão, lembra do vulto. E de repente, com um tranco de culpa, lembra do... CAPACETE!!!

O capacete do mineiro! Só agora ela se lembrou. Tinha prometido devolver. E acabou esquecendo-o na primeira oportunidade. Deve ter ficado caído por ali mesmo, perto do sarcófago. Ana dá uma olhada em volta, entre os pés calçados de tênis, os pés calçados de sandálias e de botinas, os pés que se movem sem ligar para o lugar onde pisam. E percebe que é inútil procurar. Vai ter que desculpar-se com o mineiro. O solzinho de mentira certamente está longe. Consolo é imaginar que talvez esteja iluminando a testa do Alto ou as sobrancelhas do Baixinho.

Sem ter de quem se despedir, Ana afasta-se dos visitantes. Atravessa outra sala. Será impressão sua, ou o homem de branco parece menos sereno? Mas ela não tem mais disposição para examinar as paredes nem demorar-se em considerações. Procura, junto ao chão, a abertura por onde entrou a primeira vez. E afinal tem a impressão de vê-la num canto mais escuro.

Impossível, porém, que fosse tão pequena. Não, certamente não era essa. Ana lembra-se de ter passado com facilidade, e a abertura que agora está à sua frente parece suficiente apenas para um gato gordo ou um cachorro magro, nunca para uma menina grande como ela.

Inutilmente procura ao redor, e mesmo em outra sala. Não há outra abertura. Só pode ser aquela mesma. Examinando o chão, Ana encontra marcas das suas próprias mãos, rastros dos joelhos. Foi por aqui sim. O jeito vai ser espremer-se, insinuar-se. O jeito vai ser lutar para sair.

A cabeça passa primeiro, que é o mais fácil. Mas os ombros entalam, são largos demais. Ana se espreme, se deita, tenta de toda maneira, enfia um braço pela abertura, para puxar-se com a mão já do lado de lá. "Tenho que conseguir", pensa com fervor. "Se eu não passar, nunca conseguirei voltar para casa." Recolhe o braço, encolhe os dois bem encolhidinhos, se gira, faz força. O botão salta da gola, o suor molha a nuca. Porém, aos poucos, como se a parede tivesse pena dela e cedesse passagem, Ana vai avançando rumo ao outro lado. Até que, livres os ombros e os braços, pode parar um instante para descansar, respirar com força e, numa última arrancada, passar o resto do corpo para dentro da mina.

19
O fundo recomeço

Escuro breu e cheiro de umidade. Ana sabe que basta esperar para que os olhos se acostumem. Aqui ela conhece o caminho. Alguns minutos, e começa a distinguir os contornos. Há uma curva adiante, anunciada em leve claridade. Tac, tac, ouve-se bater ao longe.

"Meu mineiro continua trabalhando", pensa Ana com carinho. Apressa-se na direção das batidas, se é que é possível apressar-se naquele emaranhado de traves e estacas. Os pés se levantam evitando os tropeços, a cabeça se abaixa evitando os obstáculos, e o coração bate contente porque ela está no caminho da volta e só amigos a esperam adiante.

Entretanto, vencida a distância e superada a curva, não é o seu amigo que se embate. Um mineiro está ali com a mesma roupa, o mesmo solzinho na testa, a mesma picareta na mão, a mesma carinha preta de carvão. Mas o sorriso não é o mesmo.

O amigo, explica este, meio surpreso com a chegada de Ana, foi fazer um serviço urgente, coisa de cliente importante, escama de sereia ou cação, não sabe ao certo.

Ana poderia fazer mais perguntas, o rapaz está olhando para ela, disponível, quase esperando. Porém, estranhamente, não sente o antigo tropel de interrogações comichando no peito. O que sabe, por enquanto, lhe basta.

Procura nos bolsos, quer deixar uma espécie de recado, marca da sua passagem para quando o amigo voltar. Mas tudo o que tinha, menos a escama, ficou com os meninos da cidade em ruínas, e as figurinhas que ganhou em troca se esboroaram pelo caminho.

Então desfaz o laço que lhe prendia os cabelos, sacode a cabeça, e entrega a fita vermelha ao rapaz.

— Diga que fui eu que deixei para ele, de lembrança — vai andando, pensa melhor, volta-se. — Não. De lembrança só, não. Diga que é o pagamento da minha dívida. Acho que não terei como voltar — vai andando novamente, e virando apenas a cabeça. — O nome é Ana — diz bem alto. — Não se esqueça.

O chão, naquela falsa escuridão que Ana agora sabe tão bem, está quase seco. Até a pouca umidade que havia parece menos úmida. Certamente não choveu.

Mais um pouco, e Ana finalmente desemboca no poço. Vem toda sorrisos, pronta a cumprimentar a velha senhora e desculpar-se por não ter-se despedido da outra vez. Mas, para seu desapontamento, a senhora também não está. "Será que todos os meus amigos se foram?", pergunta-se Ana, pronta a entristecer.

Entretanto, procurando com cuidado maior, cavucando com o olhar na parte mais sombria, acaba por vê-la. Está deitada, parada. Certamente dorme.

Ana aproxima-se. Bem embrulhada no cobertor de água, a senhora ressona mansamente. Ao lado, as agulhas vermelhas estão metidas no balde vazio. Ana levanta a leve ponta do cobertor, "ela tinha razão", pensa. "É gostoso mesmo." Aninhados entre os braços da velha senhora, dormem tranquilos os peixes.

"Então eles voltaram!", sorri Ana no escuro. "Não esperaram a chuva."

Quem sabe há quanto tempo estavam ali, enquanto ela os procurava pelo mundo.

Mas, parada diante deles, Ana não sente desejo de acordá-los. Agora que está no caminho da volta, o colar e suas contas, que a haviam levado tão longe, parecem ter perdido a importância. Como os seixos que se gastam no rio, assim o seu desejo havia-se gasto no tempo. E o pouco, o pouquinho que restava dele, coisa quase nenhuma, apenas a fazia sorrir, sem qualquer ansiedade.

"Era um lindo colar", pensa Ana, alegre. Quase sente a rosa de marfim despetalar-se em sua lembrança. "Vai ver", pensa ainda, "nem estava mesmo procurando por ela. Vai ver, estava o tempo todo só perseguindo a viagem".

Ana abaixa o cobertor envolvendo a velha senhora, calça a ponta com cuidado. Depois vai até a parede do poço, segura o primeiro degrau, olha para o alto. "Engraçado", pensa antes de começar a subir, "como é fácil voltar pelos caminhos que a gente já conhece".

A luz lá em cima brilha redonda e pequena como uma lua.

20
enFIM

No entanto, é dia quando Ana surge na boca do poço, passa uma perna por cima da beira, passa a outra, gira o corpo. E se encontra exatamente onde estava quando eu dei de cara com ela e isso tudo começou.

Ana limpa na saia as mãos sujas de ferrugem. Céus, que tão curta está essa saia! "Vou ter que baixar a bainha", pensa.

Depois mete a mão no bolso, vasculha o fundo, sente a leve aderência da escama na ponta do dedo. Sim, ela está lá, a lembrança de ouro da qual nunca vai se separar.

Olha sua casa ao longe. Eu também olho. E agora sei que é num campo que Ana está. E a casa aparece entre árvores.

No céu, nuvens escuras se acavalam. É bom andar depressa.

Ana está justamente rodando a maçaneta para entrar em casa quando uma gota grossa cai na sua mão. Outra nos cabelos.

— Que bom que você chegou antes da chuva, filha — diz lá da sala a voz que ela tão bem conhece. — Vem aí um pé-d'água.

Um relâmpago chicoteia as nuvens. Elas parecem se empinar. O céu trinca-se num gemido. Do alto, liberadas, jorram enfim as cachoeiras.

sinal aberto

Bate-papo com
Marina Colasanti

A seguir, conheça mais sobre a vida, a obra e as ideias da autora de Ana Z., aonde vai você?

ENTREVISTA

"Sou uma alimentadora da imaginação"

Marina Colasanti nasceu na Eritreia (África). Filha de italianos, também morou na Líbia e na Itália antes de mudar para o **Brasil**, aos 11 anos de idade.

NOME: Marina Colasanti
NASCIMENTO: 26/9/1937
ONDE NASCEU: Asmara (Eritreia)
ONDE MORA: Rio de Janeiro (RJ)
QUE LIVRO MARCOU SUA ADOLESCÊNCIA: não foi um livro, foi a coleção La Scala d' Oro de clássicos adaptados para jovens.
MOTIVO PARA ESCREVER UM LIVRO: não tenho um motivo, tenho muitos. Um deles é que cada livro faz parte do conjunto da minha obra, que ainda não está terminada.
MOTIVO PARA LER UM LIVRO: leio qualquer livro que me caia nas mãos, ainda que só para saber de que se trata.
PARA QUEM DARIA SINAL ABERTO: para os livros.
PARA QUEM FECHARIA O SINAL: para o livro oportunista, mal escrito, medíocre.

Desde criança, lia muito. Na infância, era apaixonada por versões dos **clássicos e fábulas**. Quando jovem, encantou-se pelas obras dos escritores russos e norte-americanos.

Formada pela Escola Nacional de Belas Artes, no Rio de Janeiro, dedicou-se algum tempo à **gravura**. Depois ingressou no **jornalismo** e trabalhou como repórter, redatora e editora. Redigiu também para publicidade e televisão, além de realizar numerosas traduções.

Seu primeiro livro, *Eu sozinha*, veio em 1968. Desde então ela lançou **muitos títulos**, entre crônicas, poesias e romances. Sua obra é conhecida pela abordagem sensível de temas, que vão da condição da mulher até os problemas sociais brasileiros.

ENTREVISTA

Apesar da bem-sucedida carreira literária, a paixão pelas artes plásticas nunca foi abandonada. A autora costuma ilustrar seus livros, refletindo em seu traço a mesma delicadeza de sua escrita.

Nesta entrevista, ela fala um pouco mais sobre sua formação literária e sobre Ana Z., aonde vai você?

Como foi sua aproximação da literatura e como você se tornou uma escritora de ficção?
Em jornal, comecei como repórter, mas, pelo fato de escrever bem, logo fui promovida a redatora. Mais tarde, passei a ser cronista. E, com as crônicas, eu já estava com um pé na literatura.

Isso se refere ao rumo diretamente profissional. Houve, entretanto, leituras que a influenciaram, que a levaram a querer escrever?
Todas as leituras me influenciaram. Desde criança, li muito. O conjunto dessas leituras encheu a minha vida de aventura, de beleza, e me transmitiu para sempre a noção da força da palavra. Emilio Salgari acho que li todo. Pinóquio, o original de Carlo Collodi, que beleza! Fui alimentada com contos de fada. E, numa coleção adaptada para crianças, li os clássicos D. Quixote, Ilíada, Orlando Furioso, que me marcaram muito. Na juventude, lia por "lotes" de paixão. Me apaixonei pelos autores russos, depois pelos norte-americanos. Hoje sou uma leitora desordenada e compulsiva.

ENTREVISTA

Sua primeira língua foi o italiano. Mas você começou a escrever em português?
Sim, minha língua "literária" é o português. É a língua do meu trabalho. Mas penso nas duas, indiferentemente. Conto em italiano. E também em italiano escrevo meu diário.

O que significa para você escrever?
Escrever é o meu cotidiano. O meu ganha-pão. O cavalo da minha fantasia. Escrevendo, me sinto um peixe dentro d'água, me sinto extremamente capaz. Eu trabalho em várias faixas de linguagem, e gosto dessa coisa de adaptar a palavra a seu uso, de adequá-la a um texto jornalístico, ou publicitário, ou literário. Para mim, entretanto, tão importante quanto a escrita é o processo criativo em si, o momento em que a narrativa se faz, se inventa na cabeça, e que antecede a escrita.

Você fala nessa divisão entre inventar e escrever, mas na sua obra literária observa-se uma grande preocupação com a linguagem, como se as duas coisas fossem uma só...
As duas coisas acabam sendo uma só, pois é através da escrita que a fabulação ganha corpo. Por isso meu texto é tão trabalhado, para dar à imaginação um corpo tão criativo quanto ela própria. Não me interessa apenas escrever uma historinha, contar um caso. Estou atrás de outras coisas, da emoção, do trânsito livre num universo que os outros chamam fantástico, das pontes que desse universo se estendem para o inconsciente.

Nesse sentido, como é escrever para crianças e para um público mais jovem?
Sempre me fazem essa pergunta, e me perguntam inclusive se é mais fácil escrever para crianças. Para

Nas areias do Saara

"Como é que eu vim parar entre os egípcios?!", Ana Z. se pergunta na escuridão de uma tumba, para logo depois desembocar em um deserto. Ao que tudo indica, Ana está diante do Saara, o maior deserto quente do mundo, que ocupa cerca de 9 milhões de quilômetros quadrados no norte da África. Nas areias do Saara, a chuva é escassa, a temperatura pode atingir 55 ºC durante o dia e quase não nasce vegetação. Mas, em alguns locais, fontes e nascentes brotam da areia, e ali surgem os oásis: pequenas áreas verdes no meio das dunas, com muita sombra e água fresca.

ENTREVISTA

mim não é. Para mim é tão difícil quanto qualquer outra escrita. E os contos de fada, ah!, os contos de fada são dificílimos. São a coisa mais difícil que tem. Mais exigente. Seja na forma, seja no conteúdo.
Um conto de fada pleno é uma rara joia literária.

Ana Z., aonde vai você? parece estar relacionado com Alice no País das Maravilhas, de Lewis Carroll. É possível fazer essa comparação?
Foi bom você fazer essa pergunta, porque me permite responder antecipadamente a um comentário inevitável. As pessoas gostam de se reportar ao que já conhecem, e o fato de Ana fazer uma viagem a partir de uma descida pode bastar para remetê-las a Alice. Mas há diferenças fundamentais, diferenças de conceito e de momento social. Alice cai na toca. Ana não cai, ela escolhe descer, ir ao fundo. Alice é levada pelos acontecimentos. Ana realiza uma busca voluntária, vai atrás do seu desejo. Alice acorda, tudo foi um sonho. Ana não precisa acordar, porque não sonhou. Ana renasce ao término da viagem; passa, como em um parto simbólico, da infância à adolescência. Ana cresceu na viagem. Minha intenção foi escrever uma novela de formação, cheia de fatos, quase como um videoclipe.

O que você teria a dizer, como autora, ao público jovem que leu Ana Z., aonde vai você?
Nada que não tenha dito no livro. Não sou uma didata. Sou uma alimentadora da imaginação. Uma acarinhadora da alma. Se o que eu escrevi não comoveu o leitor, não lhe sugeriu nada, se ele precisa perguntar a mim em vez de perguntar ao livro e a si mesmo, então eu errei. Não gosto de dar mensagens. Quando tenho alguma coisa a dizer, prefiro escrever um livro.

As mil e uma noites de Ana Z.

No Oásis do Desejo, Ana Z. vira uma princesa presa em uma torre e, assim como Sherazade, todas as noites ela conta diversos contos de fada a um sultão na tentativa de adiar a sua própria morte. Sherazade é a conhecida personagem de As mil e uma noites, clássico da literatura árabe que foi difundido no Ocidente principalmente pela tradução publicada no século XVIII pelo francês Antoine Galland. Para vencer a fúria do rei Shahriyar, Sherazade conta as histórias de Aladim, Simbá, Ali Babá e muitas outras que se incorporaram ao imaginário coletivo.

Obras da autora

PELA EDITORA ÁTICA

Longe como o meu querer (contos de fada, 1997)
Penélope manda lembranças (contos, 2001)
A casa das palavras (crônicas, 2002)
Minha ilha maravilha (poesia infantil, 2007)

POR OUTRAS EDITORAS

Eu sozinha (crônicas, 1968)
Nada na manga (crônicas, 1975)
Zooilógico (contos, 1975)
A morada do ser (contos, 1978)
Uma ideia toda azul (contos de fada, 1979)
A nova mulher (artigos, 1980)
Mulher daqui pra frente (artigos, 1981)
Doze reis e a moça no labirinto do vento (contos de fada, 1982)
A menina arco-íris (infantil, 1984)
E por falar em amor (ensaio, 1984)
O lobo e o carneiro no sonho da menina (infantil, 1985)
Uma estrada junto ao rio (infantil, 1985)
O verde brilha no poço (infantil, 1986)
Contos de amor rasgados (contos, 1986)
O menino que achou uma estrela (infantil, 1988)
Um amigo para sempre (infantil, 1988)
Aqui entre nós (artigos, 1988)
Será que tem asas? (infantil, 1989)
Ofélia, a ovelha (infantil, 1989)
A mão na massa (infantil, 1990)

Marina Colasanti

Ana Z., aonde vai você?

sinal aberto

SUPLEMENTO DE LEITURA

Nome _____

Escola _____

_____ º ano

Ana Z. mergulhou em um universo mágico e nos apresentou uma realidade diferente, encantadora e repleta de mensagens que nos convidam a parar e pensar. Nos exercícios a seguir, vamos conversar sobre esse mundo e o que aprendemos com ele.

A. Emoções à beira do poço

1. A história começa com Ana Z. debruçada à beira de um poço.

a. Inicialmente, o que Ana Z. quer ali?

b. O que a faz descer até o fundo do poço?

c. Essa atitude de Ana lhe pareceu natural? Ou provocou algum tipo de estranhamento em você? Por quê?

d. Se você estivesse no lugar de Ana Z., que tipo de reação teria?

2. Vamos relembrar o trajeto feito por Ana e relacionar os lugares às pessoas encontradas ou às experiências vividas, preenchendo as lacunas com a numeração adequada.

   1. No fundo do poço   ( ) Ana conversa com o mineiro que faz escamas de ouro.

2. Nos corredores do
   fundo do poço

( ) Ana pega um ônibus e chega ao Oásis do Desejo, onde conta histórias para o sultão.

3. No deserto
   (ao sair da tumba)

( ) Ana encontra a velha que tricota um fio de água.

4. Na cidade invisível

( ) Ana acha o caminho de volta.

5. Na estação de metrô

( ) Ana vive a experiência de tentar enxergar o que não vê.

3. Mesmo conquistando amigos ao longo de sua busca, Ana Z. descreve que em muitos momentos sente-se sozinha. Por que isso acontece?

_____
_____
_____
_____
_____

B. Aprendendo com a aventura

4. Apesar da solidão, os relacionamentos de Ana Z. com seus novos amigos lhe ensinam muito. Associe o aprendizado aos personagens que o promoveram:

   1. A velha que tricota   ( ) O valor do silêncio

   2. O homem azul   ( ) O poder da fantasia

   3. O sultão   ( ) A paciência

Intimidade pública (artigos, 1990)
Agosto 91: estávamos em Moscou (com Affonso Romano de Sant' Anna, crônicas, 1991)
Entre a espada e a rosa (contos de fada, 1992)
Cada bicho seu capricho (poesia infantil, 1992)
Rota de colisão (poesia, 1993)
Um amor sem palavras (infantil, 1995)
O homem que não parava de crescer (juvenil, 1995)
De mulheres, sobre tudo (citações, 1995)
Eu sei mas não devia (crônicas, 1996)
Gargantas abertas (poesia, 1998)
O leopardo é um animal delicado (contos, 1998)
Um espinho de marfim e outras histórias (antologia, 1999)
Vinte vezes você (artigos, s.d.)
Esse amor de todos nós (compilação de textos, 2000)
A amizade abana o rabo (infantil, 2002)
A moça tecelã (contos, 2004)
Fragatas para terras distantes (ensaio, 2004)
Fino sangue (poesia, 2005)
23 Histórias de um viajante (contos, 2005)
Os últimos lírios no estojo de seda (crônicas, 2006)
Minha tia me contou (juvenil, 2007)
Poesia em 4 tempos (poesia infantil, 2008)
Com certeza tenho amor (juvenil, 2009)
Do seu coração partido (juvenil, 2009)
Passageira em trânsito (poesia, 2009)